空誓（くうせい）の乱

長澤規彦

あるむ

空誓の乱――目次

蓮如・空誓関係図

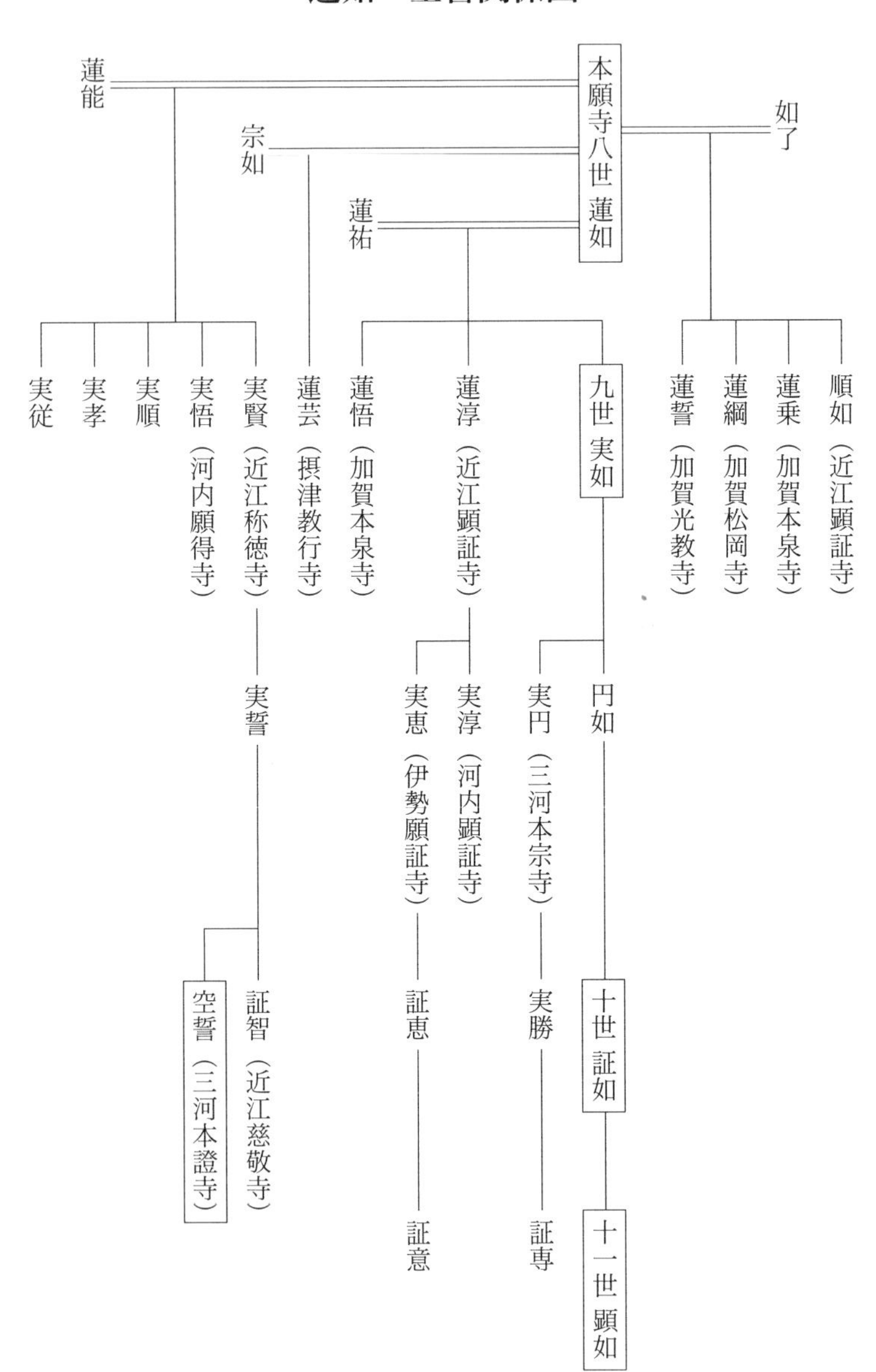
本願寺八世 蓮如
蓮能
如了
宗如
蓮祐
実従
実孝
実順
実悟（河内願得寺）
実賢（近江称徳寺）
蓮芸（摂津教行寺）
蓮悟（加賀本泉寺）
蓮淳（近江顕証寺）
九世 実如
蓮誓（加賀光教寺）
蓮綱（加賀松岡寺）
蓮乗（加賀本泉寺）
順如（近江顕証寺）
実誓
実恵（伊勢願証寺）
実淳（河内顕証寺）
実円（三河本宗寺）
円如
空誓（三河本證寺）
証智（近江慈敬寺）
証恵
実勝
十世 証如
証意
証専
十一世 顕如

城
寺社（徳川方）
寺社（一揆方）
八草城
東広瀬城
伊保城
（西古城）
梅坪城
寺部城
沓掛城
挙母城
（金谷城）
上野城
大樹寺
刈谷城
小河城
岡崎城
明眼寺
福釜城
上宮寺
上和田城
岡城
桜井城
土井城
勝鬘寺
本宗寺
本證寺
山中城
荒川城
菱池
野場城
長沢城
西尾城
室城
上ノ郷城
深溝城
五井城
東条城
竹谷城
下ノ郷城
形原城
豊田市
岡崎市
刈谷市
豊明市
西尾市
N
7km
三河国西部周辺図

空誓の乱

1——清須同盟

一

今川義元が敗死して四日目にして、ようやく岡崎城に入った松平元康であったが、これで三河の国を取り戻したというわけではなかった。

それどころか、独立する絶好の機会を手にしたという認識すら、まったく持っていなかったのである。

あまりに突然の出来事で用意がなかっただけではない。

今川家の支配が揺らぐなど想像もできなかった。尾張で当主が頓死したとはいえ、駿府は無傷である。

西三河からの今川勢の撤退は、信長の侵攻に備えるための一時的なものにすぎない。

だから元康は、跡目を継いだ義元の嫡男、今川氏真（うじざね）の指図に忠実に従っていた。

その点、義元が生きていたときと、まったく変わりがなかった。

今川にしてみれば、まずは西三河を安定させる。それが松平勢の果たすべき役割であった。当面の敵は、織田方に通じている三河の在地領主、国人衆である。

そこで、さきに東広瀬城主の三宅右衛門が佛楚坂に構えた要害に攻めかかった。

足立金弥が鉄砲に当たって討死するなど敵に押されて松平勢は苦戦したが、なんとか盛り返し、東広瀬城の城下まで逃げる敵を追い詰めたところで、元康は凱歌を挙げて帰陣した。

次いで松平勢は、織田玄蕃允秀重（げんばのじょうひでしげ）が守る尾張の沓掛城に攻めかかった。

さきに沓掛城に入っていたのは桶狭間の合戦で今川義元の本陣を探りあてた簗田出羽守政綱（やなだでわのかみまさつな）であったが、これを交代させ、鷲津砦の守将であった秀重を沓掛でも起用している。休む間もなく最前線に投入したのだから、よほど信用されていたのだろう。

使える人材は酷使する。それが信長であった。

野戦に打って出た秀重であったが、城に押し戻され籠城の構えとなった。

松平元康は城下に押し寄せ民屋を焼き払うなどしたが、信長が援軍を出してくるとの風聞におびえて城攻めは手控え、軍を三段に分けて撤退している。


そうこうするうちに桶狭間の合戦からおよそ一月ほどが過ぎていった。

永禄三年(一五六〇年)六月一八日、岡崎城から軍勢を押し出した元康は、古い東海道を西上し境川を越えて尾張領内に侵入した。

もちろん、これも今川氏真の命令である。

そのまま進めば沓掛城だが、このたびは東浦街道を南下し、石ケ瀬川を渡る。

敵は小河城の水野下野守信元である。

このころは、泉田や近崎（大府市北崎町）のあたりまでは海であったから、石ケ瀬川も境川の支流ではなく衣浦湾に直接注ぎこむ川であった。

川を渡ると小河城まで約二キロとなる。

その石ケ瀬川の対岸、河岸から南に五〇〇メートルほど離れた高台で、水野信元は敵となった甥の元康が差し向けた軍勢を見ていた。ここは、かつて信長が村木砦を攻めた際に置いた本陣と、ほぼ同じ場所であったろう。

――おろかな。なんのために戦うというのだ。

これまで水野氏は、今川・松平と戦ったことはなかった。唯一の例外は、先月、桶狭間の合戦の直後、駿府に帰還する際の行きがけの駄賃とばかりに、今川浪人の岡部元信に刈谷城を一時占拠され、弟の信近が殺されてしまったことくらいである。

もちろん、詭計をもって城を乗っ取られたので、家来どもは復讐の念に燃えているし、弟を殺された信元だって口惜しさに歯がみする思いだ。

――されど、松平のせいではないのだ。

今川氏真は浪人者が勝手に引き起こした私戦を咎めるどころか、これを褒め称え、没収していた知行を返還して岡部元信の復帰を許している。復讐の相手は今川である。

――それなのに、今川の尖兵を務めおるか、元康。われらを相手に。

他家の戦に巻き込まれただけなのに、それでもなお平然と命をかけて無益な戦に臨むとは、信元の常識では信じられなかった。

「やはり変わりませんな。まるで今川の直参、累代の臣のようだ。律儀なことですな」

と浅井道忠が言った。桶狭間の合戦の際、大高城から撤退するよう松平元康を説得して、なんとか無事に三河まで送り届けた男である。

「なにが律儀なものか。むだな戦をしくさる臆病者よ」

と、信元は吐き捨てるように言った。血を分けたわが妹の子とは信じられない。

いくら駿府に人質を取られているとはいえ、いざとなればおのれの妻子を見殺しにしてでも配下の者の命を守る、それが大将たる者の心意気であろう。また、そうでなければ家来どもが付いてこない。

それだけではない。侮られることになれば、それこそ今川の要求は際限がなくなるに違いないのだ。

——力を合わせて今川の支配から抜け出したいと申し出れば、助けてやるものを。

と思うから信元は残念でならなかった。


松平勢が川を渡ってきたところで、水野勢が襲いかかってきた。

両家は、互いに親族であったり朋友(ほうゆう)であったりと親しい関係にある者が多いから、やりにくい相手であった。しかし、武士は名を惜しむものであろう。見知った相手だからといって手加減したとなれば末代までの恥となる。人が見ていることを意識するから、かえって必死で戦う羽目になった。

松平方では大岡助十郎が戦死している。

松井左近尉忠次(さこんのじょうただつぐ)は至近距離から鉄砲で撃たれ、弾が眼をかすめて負傷するほどだったが、そのまま突進して撃った相手を討ち取ったという。

松井は、亡くなった松平忠茂の遺児、亀千代の名代として東条松平家を宰領しているが、それも今川義元の命を受けてのことであった。もともと今川家中から東条城に派遣された与力であったが、今川勢の撤退に伴い松平元康の指揮下に編入されたのであろう。

この日は激しい攻防が続き、戦線は膠着したまま敵味方ともに引き上げたが、翌一九日になって、信元は十八丁畷(なわて)に進出してきた。

その場所は不明なのだが、十八丁畷となると約二キロの直線道路だから、それは境川から西へ名鉄線前後駅あたりまで進んだ近世の東海道ではなかったろうか。

つまり、石ケ瀬の戦場から約六キロ北上したことになる。

この場所であれば織田と水野との両方に松平が戦いを挑んできたという構図になるから、いざとなれば沓掛城からの加勢も頼めるので、有利とみたに違いない。

それと、信元にすれば、前日の戦いは手ぬるいと思えた。

今日は田のなかの一本道を戦場に選んだので、自然とうしろから味方に背中を押されることになる。互いに一歩も引けぬ激戦となること、まちがいなしである。

ところが実際には、酷暑耐えがたく戦が続けられなくなるという有様になった。

しかし、それでも松平方では杉浦八十郎勝重と村越平八郎が戦死し、水野方が引き上げたときには敵の死骸が四七体ほど路上に残った。それで、その首を取って沿道に掛け並べたという。

敵の首数は名もなき雑兵をふくめてのことであり、もちろん大勝したわけではない。勝っていれば松平勢は前進している。

この近くには、すでに戦人塚（豊明市前後町）が築かれていた。

近く、といっても南に約二キロほど離れていたのだが、曹洞宗の曹源寺（そうげんじ）の二世住持であった快翁龍喜（かいおうりゅうき）が桶狭間の合戦で戦死した数千人の死骸を各所に葬ったものの一つである。

ちなみに前後町の戦人塚は、いくつもあった塚を代表する象徴として、現在に至るまで保存され供養が続けられてきたのだという。

だから、引き取り手がなければ、この十八丁畷の戦死者も、同じ戦人塚に埋葬され引導焼香されたことだろう。

そして、その多くは松平方の名もなき雑兵たちであったに違いない。

二

「なぜだ」

石川伯耆守数正（ほうきのかみかずまさ）は大声を出したが、もちろん答える者はいない。いらだつ心を抑えるためには、人の迷惑など気にしていられなかった。

年が明けた永禄四年（一五六一年）二月のことである。小河城攻めを命じる使者が岡崎にやってきたのだった。

——ふたたび水野氏を相手に戦うことになるが、その理由はなんだ。

去年の六月は桶狭間で大敗した直後である。勢いに乗じて信長が三河に侵攻してくるおそれがあったから、どこから攻めてくるのか探るためには、実際に武力を行使して敵の出方をみることが必要だった。大敗した直後によけいな手出しをして水野氏まで敵に回すことはないともいえたが、それでも敵に回した以上はやむを得ないともいえよう。軍事的には合理的な行動であった。

ところが、信長の侵攻はなかった。

すでに半年以上が過ぎている。いまさら威力偵察を行う必要はないのだ。こちらから仕掛けるのであれば、それは大軍を発して尾張に侵攻する義元の弔い合戦でなければならない。

——水野を相手に松平ひとり、小戦(こいくさ)をすることもあるまい。

織田と今川が再戦するなら、去年と同じく、水野氏は様子見を決め込むに相違ないのである。ここで水野と戦う必要はないのだ。

「わからぬことなどあるまいよ」

と言ったのは、本多肥後守忠真(ただざね)である。

「いちばん危ういときに、わざわざ水野を敵に回してしまったのだからな。このうえわれらまで織田に付かぬように、水野とは喧嘩させておきたいのだ」

「まさか、そんなことで」

「おぬしは理に聡いが、人情のどろどろとした、その怖さを軽んじておるのだ。遺恨が残れば手を結ぶことはできん。そうやって人は世間を狭くする。駿府は去年の戦ではもの足りぬ。念をおしておきたいのだ」

と忠真は重ねて言った。

いかにも世の中を知ったような口ぶりだが、数正の二つ上、三一歳にすぎない。

「理由はどうあれ、こばむわけにはいかんのだからな。仕方なかろう。これで手切れにはできん」

と言ったのは、酒井左衛門尉忠次である。こちらは三五歳。

義元の敗死直後からのことだが、このようなときに今川との手切れなど口にするのは不謹慎だといった妙な空気が岡崎城内を支配していた。誰も言いだせないのである。それは主君である元康本人も同じ気持ちで、不謹慎だと思っている。

「まだ、いましばらく時が要るだろう」

と忠次が続けた。

「それは承知しておるが、殿さんにはなあ、もそっとあやを付けていただきたいのだ。なにも即答せんでもよいだろう。返事を引き延ばすとか注文を付けるとかな。言葉は悪いが喰えぬ狸になっていただきたい」

と数正は応じたが、すぐに忠真が反論する。

「それは伯耆どのが悪いのだ。おぬしも腹芸は苦手なのだからな。殿さんのおそばには、もそっと悪いやつをお付けしたほうがよい。さすれば、がらりとお変わりになるやもしれんぞ」

といって笑った。

「まあ、それはともかく」

と数正本人も笑ってしまったのだが、

「なんとかならないかと思案しているのだ。今川だって軍監を寄こしたりはせんだろう」

と口調をあらためて話を続ける。

「さあ、それはどうかな。武士(もののふ)は名を惜しむもの、目付はいなくても人目があるかぎり同じことだ。下手なことなどできん」

と忠次がいうと、数正は黙ってしまったので忠真が続けた。

「本音を申せば、たれだっていやなのだ。新八郎どのだって、むだな戦だと話しておったくらいだ」

「新八郎どのも」

と数正は驚いた。大久保新八郎忠俊(ただとし)は、このとき六三歳。松平家中における武門の第一等であろうか。昨年の沓掛城攻めでは、撤退の際に殿軍(しんがり)の指揮をとるなど、まだまだ意気軒昂であった。戦功を競い名を上げることが、この老人の生き甲斐になっている、そう数正は思っていた。

――みな嫌気がさしている、それが本当なら……

「これはなんとかできるかもしれんぞ」

と数正はいうと、これからすべきことを、みなに話し始めた。


二月七日、はるか後方に大将の元康を残して、石川数正を隊長とする先鋒隊は石ケ瀬川を渡った。

「ひとたび始めたら、途中でやめることはできんぞ」

と数正は副将の忠真に言ったが、それは自分自身にも言い聞かせるようなものだった。

だが、すでに何かおかしかった。敵がこちらを指さして大声を上げている。これはと見ると、鯉の前立ての付いた兜の主が、敵の関心の的らしい。

「あれはたれぞ」

「あれなるは蜂屋半之丞貞次」

と、忠真と同じく副将の飯島庄右衛門正勝が答えた。のちに植村と姓を変える男である。

「かぶっておるのは昨年獲った敵の兜か」

「たしかに。されど矢田作十郎助吉が賜ったものだとばかり。それをなぜ半之丞が」

――委細はどうでもよいが、敵から獲った兜を、これ見よがしにかぶって同じ敵の前に出て来るとは。

挑発するにもほどがある。

「早くしよう。台無しになりかねん」

と叫ぶと、数正は単騎、敵の前に進み出て大音声を上げた。

「我こそは石川伯耆守数正。高木善次郎、出会え。今日こそ一騎討ちにて決着を付けようぞ」

「ほかの者は手を出すな」

と正勝は大声で命じると、駆け出そうとしていた半之丞を睨みつけた。

水野方からも単騎、飛び出してきた。高木主水助清秀である。数正より七つ上になる。

「善次郎、ひさしぶりだなあ。かつて知ったる朋友の君なれど、主君、いやさ駿府のお屋形さまの御下知とあればやむを得まい。その首もらいうけたい。もとより筋力を尽くし命のかぎり戦う所存なれど、乱戦にては人の僻目もあろうとて、手を抜き命を助け恩を売ったなどと申すやからが出ては末代までの恥。ここは正々堂々一騎討ちにて、ぜひともお手合わせ願いたい」

「これは与七郎、よくぞ申したものぞ。こちらこそ望むところだ。一騎討ち申し受けよう。もとより朋友の君なれど、浪人者のしでかしたる不法を追認し、これを称えて扶持を与えし天下の外道、その今川氏真の尖兵たる松平の、その一翼を担う君なれば、これもやむを得まい。その首、取ってくれようぞ。覚悟せい」

そうして、馬をおりた両者は槍を合わせたのだが、勇ましい言葉とはうらはらに緩慢な動きで槍を繰り出すものの、それはいずれも身体からは相当に離れていた。遠目でもわかるほどだ。

しかし、敵味方からは、敵ながら天晴れとか、惜しいとか、危ないとか、そこだとか、もう少しだとか、いろいろと声をかける者もいて、いかにも激闘が行われているかのようなのである。

そして、さほど時間がたったわけでもなかったが、二人とも息が切れて立ちあがれなくなり、

「残念無念、これでは雌雄を決すること叶わぬ」

「左様。今日のところは相引(あいびき)にいたそう」

ということになった。

つぎに副将の本多忠真と飯島正勝に加えて、今川直参の与力で昨年も戦った松井左近尉忠次が出て、三人そろって敵を呼び出しての一騎討ちを行ったが、それも似たようなものだった。

違うところといえば、敵方に朋友のいない松井忠次が、誰でもいいから我と思う者は出てこいと呼ばったことと、本多忠真が深手を負ったことであった。

忠真の場合、彼を先手として交互に六回、槍を突き出していたのだが、双方ともに槍の突き出しが鋭く、六回目の返しの槍が忠真の身体に刺さった。

刺さって驚いたのは忠真よりも敵のほうであった。少なくとも、そのように傍目には見えた。

ところが、片膝をつきながらも最後に突き出した忠真の槍は、空を切ったとはいえ、その気迫は相当なものだったらしい。思わず尻もちをついた敵が、まいったといって逃げ帰ったというわけである。

ちなみに後世、これを三河では「六度半の槍」と呼んで忠真の武功を褒め称えたという。

敵方だった高木氏の家伝でも清秀は石川数正と七度槍を合わせたと伝えているから、交互に七回というのが、この芝居の約束事だったに違いない。

自陣に戻ってきた忠真、

「たわけ、傷を負うとは」

と数正に叱られ、

「おぬしのは手を抜きすぎだ。本気でやれば、けが人なしではすまぬところぞ。これでよいのだ。けがの功名とは、まさしくこのことよ」

と、強がりを言った。

一方、敵の兜をかぶって勇んで先鋒を務めようとしていた蜂屋半之丞貞次であったが、思わぬ展開に敵味方から笑われる始末だった。

副将ら三人のあとに出ろと味方に言われても、こういう仕掛けとなれば、そうもいかない。

このとき二三歳。ひとりで気負っていた自分が恥ずかしいのである。

笑ってごまかしては、次の戦は必ず先登すると応じていた。

「あれは大丈夫。大久保新八郎の娘婿だ。あらかじめ教えておらなんだ、それだけのことよ」

と忠真は説明したが、続けて、

「気がかりはあれだ。矢田作十郎、はずしておったのだが、勝手についてきた」

と数正に注意をうながした。

いまも作十郎は激しく半之丞を罵っているが、半之丞のほうは作十郎を相手にしていないようだ。兜を譲ってもらったとはいえ、特に負い目は感じていないのだろう。

「なにも知らぬ半之丞を煽りたておったな。兜を餌に敵を誘き出せとでも、そそのかしたに違いない。今日の企てを知って、台無しにするつもりだったのだ」

と数正は言ったが、それでも先鋒隊の人選に苦労しただけのことはあった。妨害しようとした者は一人だけであった。これなら大成功である。

三

石ケ瀬の合戦から数日後のことだった。

「これをどうしたものか」

と元康は、水野信元からきたという書状を石川数正に見せて尋ねた。

その書状の一節には、

――士卒を下知したまう御有様、あたかも神変不思議にみえたまえば、これ凡人にあらず、いますこし年齢長じなば日本無双の名将と成りぬらん。

とあった。つまり、敵の大将から激賞されたのである。

書状を読みながら、数正は元康を盗み見た。

不機嫌そうである。あのような合戦を伯父とはいえ敵から、あるいは誰であろうと、誉められたところで、ちっとも嬉しくないのであろう。それどころか未来永劫にわたって隠しておきたいという気持ちのはずだ。

――殿さんは、源平の合戦のごとき昔ながらの武者ぶりを好む御方。あの猿芝居、よくぞ我慢してお許しくださったものだ。

その鍵は松井忠次であった。今川直参の与力である忠次が協力すると聞いて元康は承諾したのである。

他方、忠次のほうは松平一族が武力で支えなければ無力であった。

独力で吉良氏に対抗することはできないので、一族の支援を得るために松平忠茂の遺児、六歳の亀千代を養育し、その名代として東条松平家を宰領している。

それは今川義元の命を受けてのことであったが、忠次にとって亀千代は妹が産んだ甥でもあったから、今川直参という肩書きがかえって邪魔になっているところも少なくなかった。それで、駿府をとるか岡崎をとるかと数正に迫られ、このたびの決断をしたのだった。

さて、水野からの書状である。

政治的には重要な意味があるが、それは今後の話だ。

「これはまた古い書状を読み返しておられたのですな。これは、殿さんの初陣のときでしたな」

「古い書状？　初陣だと？」

元康は怪訝な表情をみせた。

「わしの初陣に水野との戦があったと申すのか」

「左様。たしか永禄元年でしたな。ところも同じ石ケ瀬、こたびで三度目になりますな」

「それははじめて聞いたな。いや忘れていたというべきか」

「感状も忘れておられましたな。その書状にある戦、これに参陣し功のあった者には、いまからでも遅くありませぬゆえ、しかと感状を与えねばなりませぬ」

「そうか。では、それは元年の戦の感状ということになるのだな。よきに計らえ」

と元康は言った。


もちろん、このままでは終わらない。

二月一四日付けで元康あてに信長から書状が届いたという。しかし、岡崎城に信長の使者として滝川一益が来たというのは信じられない。そもそも原典の史料も謎なのだが、そのぐらいの日数しかたっていないということだけが事実かもしれない。

どうやら滝川一益の書状を持った使者が石川数正の屋敷を頻繁に訪れていたようなのである。つまり、書状は数正あてであった。

滝川一益の書状には、織田と松平との同盟を薦める信長あてに書かれた水野信元の書状の写しも添えられていて、同じ内容の書状を元康あてに書く用意が信元にはあるとも記されていたが、元康は不要と断った。

初陣を誉めてもらうのとはわけが違う。水野の使者が岡崎城内で織田との同盟を薦める口上を述べるといった事態は避けたい。それほど元康は慎重だった。

なぜなら、織田との交渉は機密事項としなければならない。駿府に漏れては困るから、元康本人が、織田はもちろん水野の使者と会うことはできない。そう元康は思った。

だから、家臣を集めて意見を聞いたときには、ほとんど腹を固めていた。明らかに反対すると思う者は呼ばなかった。

呼ばれたのは、石川数正のほか、さきの合戦で副将を務めた飯島（植村）正勝に加えて、家老の酒井雅楽助正親（うたのすけまさちか）と石川日向守家成（ひゅうがのかみいえなり）、それと酒井左衛門尉忠次、本多豊後守広孝、天野三郎兵衛康景（やすかげ）、高力与左衛門清長（きよなが）。合計八人である。このほかにもいたかもしれないが記録されていない。

このうち、天野康景は最年少の二五歳。竹千代と名乗っていた五つ下の元康とともに尾張にいたことがあり、そのまま駿府に行って主君とともに成長した小姓上がりだから、数正とは同輩になる。高力清長も駿府に同行していたことがあった。

石川家成は数正の叔父だが、歳は数正のほうが一つ上になる。数正は、今川に指名されて家老職に就いていた父を隠居させて、この若い叔父に跡目を継がせていた。

同じく家老の酒井正親は、最年長の四一歳。囚われの身となった竹千代を取り戻すために尾張と同盟（よしみ）を結ぶべきか評定した際に反対したことがあった。

圧倒的な今川の軍事力を怖れてのことだったが、桶狭間の合戦後、その評価は一変していた。それに、これは大事なことだが、今川を頼むことで出世し保身のために手切れをこばむような連中とは違って、累代の家老の家だから地位は安泰、昔の自分の意見に固執する必要もなかった。

元康の相談を受けて最初に発言したのは酒井左衛門尉忠次だった。

今川に服従する重臣たちに我慢ができず、二四歳で岡崎を飛び出し、駿府の元康のもとに帰参するまでの約六年、ずっと戦ってきたのである。今川との同盟関係がどのようなものだったか、ここにいる誰よりもよく語ることができた。

酒井忠次のほかには誰も発言する者もなかったから、これで今川とは手切れとして、新たに織田と同盟を結ぶことが決まった。

それで具体的な条件を詰めるために、石川数正と高力清長が尾張の鳴海城に行って、織田家筆頭家老の林佐渡守秀貞（さどのかみひでさだ）ならびに三河担当者の滝川一益と談判することになった。

要点は、尾三国境周辺における互いの勢力範囲を取り決めることである。

これで西から北、東と時計まわりに、刈谷、大高、鳴海、丹下、沓掛、伊保（いぼ）、広瀬、梅坪（うめつぼ）、寺部、挙母（ころも）の諸城が織田の勢力下と決まった。

このなかには、すでに織田の支配下にある城もあれば、そうでないものもあった。

また、一口に織田の支配下といっても態様はさまざまで、たとえば刈谷などは、松平の勢力圏から除くことで水野氏の独立を保証したとも解釈できるだろう。

松平は今川との同盟関係を解消すれば、これらの諸城を防衛するために援軍を出す義務はなくなる。それを織田に示したまでのことであった。

松平の支配下にあった城を織田に差し出したと後世の徳川創業史は記しているが、松平の城といえるようなものは、ひとつとしてなかった。

四

「本当は、おぬしを連れて行きたかったのだが」

と石川数正は言った。

このほど織田との交渉がまとまり清須に行くことになったので、さきの石ケ瀬の合戦で深手を負った本多忠真を見舞ったところだった。

さきに相談されていた八人とあわせて主従十人ほどで密行し、道中の警固は水野氏が手勢を百ほど出すことになっていた。

場所が清須と決まったのには理由がある。

もちろん岡崎に信長を呼ぶわけにはいかなかった。信長が来るとなれば今川も出てくるだろう。そうなると松平の力では安全を保障できないから、信長は大軍を率いてくるに違いないのである。下手をすれば信長に岡崎城を占領されてしまいかねない。

それに元康ひとりでは松平家中の動揺すら抑えきれない。そうでなくても、織田と結ぶことに反対する者は少なくないのだ。

そこで、織田方からは中間地帯として刈谷城を提案してきたが、これは元康が拒否した。陥ちたことのある城だし、そうでなくても今川の被官が駐在していたこともあった城である。とても安心できない。

だから、松平としては清須しか選択肢がなかった。

それを元康は、わたしは若輩者だからと信長にへりくだってみせて、こちらから伺うと申し入れたのだった。

「じつは頼みがある」

と忠真は数正に言った。

「わしの代わりに平八郎を連れて行ってくれないか」

「平八郎を」

忠真は亡くなった兄の遺児を養育していたが、昨年、元服したばかりだった。大高城への兵糧入れが初陣となった本多平八郎忠勝、一四歳である。

「役にはたたんだろうが、見聞をひろめる良い機会だ。この際、織田信長を見ておくのも悪くないだろう」

「わかった。なんとかしよう」

「ありがたい。親父や兄貴の供養にもなることだ。これでようやく無益な戦が終わるのだからな」

忠真の父の吉左衛門忠豊、兄の平八郎忠高は、ともに安祥城をめぐる戦いで戦死している。

「無益な戦か」

「そうだ。広瀬、梅坪、挙母などは、すべて今川のための戦ではないか。今川と織田で国衆の袖を引きあい取りあいしておるところを、今川に請われて加勢したまでのこと。それが向後は助太刀無用となる。めでたいではないか。それに安祥だって、松平の城だったものを織田に奪われたなどというのは表向きの話にすぎん。原因を糾せば同じ一族のなかの跡目争い、しょせん内訌ではないか。われら一党、まとまっておりさえすればよかったのだ」

という忠真は泣いていた。

「そうだな。多くの譜代の士が討死したな。左衛門（酒井忠次）は、それをみな今川のせいにして、わが終身の怨なりと申しておったが、その根をたどればわれらにも相応の非はあったよな」

という数正も涙が止まらなかった。


上野城主の酒井将監忠尚が前触れもなく岡崎城を訪れたのは、同じころである。

今川や今川を支持する岡崎の重臣たちと長いあいだ戦ってきた後、いまは一転して今川の良き藩屏となっていた忠尚だから、元康の帰還後も岡崎には顔をみせたことがなかった。それが突然やって来たのは、もちろん今川と手切れして織田と結ぶという話を聞きつけたからである。

将監は酒井忠次の叔父だという説もあるが定かでない。しかし、長いあいだいっしょに戦ってきた同志だったから、ふたりは互いによく知っている仲だったことはまちがいない。忠次より二回りほど上の世代であったろう。

元康に呼ばれて同席した忠次が説明を始めたが、すぐに将監はさえぎった。

「そうした講釈は結構。それがしが申し上げてきたようなことばかりじゃ。それを殿さんにお取りあげいただけるとは、光栄の至りではござりまするが」

と忠次に話しながら座をあらためると、じっと元康を見つめて言った。

「されど、古来より覆水盆に返らず、落花枝に上り難し、破鏡ふたたび照らさずと申すもの。ご当家もいまは質を差し出してござりまする。手切れとなればなんとしましょう」

という将監に元康は、ほんの一瞬のことだが言葉に詰まった。

――なにも考えておらんのか。

と将監にはわかった。

たしかにそのとおりだった。相談に呼ばれた家臣たちとのあいだで、そうした話は出なかった。各人にはそれぞれ内心の覚悟はあったかもしれないが、それを話しあうことで意思を統一しておこうとはしなかった。あえて言えば、その後の状況に応じて対応していけばいいことだ、といったような暗黙の了解はあったかもしれないが、それだけのことである。

将監はたたみかけた。考え直せと元康に迫った。

「質を捨て駿州にそむきたまわば諸人疑う者も多からんと存じまする。ここは御思慮あるべきことと存じまする」

「そちの申すところも善い。しかれども、はや信長との約束を定めたるうえは言を変えがたい。そちも質を駿州に置いておろうが、それを我に与えよ」

と元康は言ったが、将監は目の前の元康が竹千代と呼ばれていた幼い頃、信長の父である織田信秀に人質に取られて同盟を強要されたときのことを思い出していた。

――あのときと同じだ。先君は、愚息の存亡、信秀の心に任せらるべしと使者にいい放ったが、じつのところ、なにも考えていなかった。

「いやしくも臣たる武士、質を惜しむ者がどこにおりましょう」

と言い捨てると、憤然として将監は席を立った。

主君とは、自分のために家来が命を投げ出すことを当然のことと心得ている者のことである。家来の家族も同様だ。だから元康は若いながらも、とっさになかなかのことを将監に申し渡したのである。

しかし、そんなわかりきっていることを将監は訊いたわけではないのだ。

それに、このときの松平元康は、自ら妻子を殺すしかなかったときのことを忘れず、その思いを噛みしめて生きぬいた四十代からの徳川家康とは、人間の凄みというものがまったく違う。ごく当然のことを言い聞かせるだけで人を納得させる、そうした魔力は持っていない。

昨年、将監には孫ができたばかりだが、その孫が駿府で生まれることになったのは、息子の尚昌の嫁が人質に取られているからにほかならない。

――四代続けて愚物とは。

三八年前、元康の曾祖父の信忠にたいし、松平一門の総意として引退を求める連判の訴状が作成されたとき、それを信忠本人に届けたのが若き日の将監である。なにも知らない無邪気な若者なら、いくら短気な信忠でも手討ちにはしないだろうという遠謀深慮であったが、あれからずっと将監は考えてきた。

信忠の跡目を継いだとき、清康は一三歳。将監よりも若かった。

――なにもわかっていなかったのだ。

それに清康は、信忠の悪いところを受け継ぎ、もっと短気で激しやすい性格だった。その清康の子、広忠は廃嫡され流されたが、今川の手を借りて復権したのである。

——いままで主君は悪くない、重臣たちが悪いと、そう信じて戦ってきたが……

はたしてそうだろうか。じつは主君が悪いのではなかったか。

元康の代になって重用する臣は替わった。たとえば、さきほどの酒井忠次である。しかし、それで何が変わったというのだ。

——難しいことを考えようとしない。先送りにしてしまう。言質を与えなければ、あとで責めを負わされることもない。そのように、たかをくくっている者ばかりだ。これでは、今川が織田に替わるだけのことよ。ただ看板を取り替えただけのことではないか。

結局、主家の行く末を考えざるをえない。

この四代、長男による家督相続を続けてきたが、すべて愚物となると、松平宗家、いや父系の血筋でいえば世良田というべきか、それも長くはあるまい。阿弥陀如来の結縁は未来永劫のもの、主従の契りは違う、そう言いきる一向門徒がうらやましい。

——いまが潮時かもしれん。尚昌と相談しよう。

と将監は思った。そして上野城へと急いで帰っていった。

一方、岡崎城内では、

「将監の色を察するに、あれは駿府に内通しますぞ」

「このまま帰してはなりませぬ」

「いま追いかけて討てば、あとの憂いを断てまするぞ」

と、さきに相談を受けていた本多広孝に加えて平岩七之助親吉（ちかよし）と鳥居彦右衛門元忠（もとただ）が口々に申し立てたが、

「将監の申したこと、すべて理なきこととは言えぬ。叛心（はんしん）から出たものではなかろう。追い討ちなどするな」

と元康は進言を容れなかった。

ちなみに、平岩親吉は天野康景の同輩でともに尾張時代から元康といっしょだった小姓上がりである。

鳥居元忠は、家老を務めていた鳥居伊賀守忠吉の四七歳のときの子で、まだ二三歳。忠吉は健在だが高齢のため隠居の身であろうから、長兄の忠宗（ただむね）が戦死したのちは、系図のうえでは定かではないものの、おそらく兄の誰かが家督を継いでいたのだろう。

だから、尾張との同盟の話は、その鳥居一族の惣領でさえ知らない話である。いまだ岡崎では限られた側近だけが、同盟の話を知っているにすぎなかった。

五

上野城は厳重に監視されていたが、将監が駿府に内通したような様子はみられなかった。

元康と同じように石川数正も将監のことは心配していなかった。

――もともと今川のやり方は嫌いだったはずだ。それが雪斎に感化されて変わったが、その雪斎が亡くなり、雪斎の弟子であった義元も死んだのだ。

将監が、いまさら義元の嫡男というだけで、氏真のもとに走るとは思えなかった。

しかし、まだまだ心配事はいろいろあるのだ。その第一が将監に指摘されたとおり、人質の救出である。救出作戦を練らなければならない。

――されど、まだ時間はあるだろう。織田との同盟がなったとしても、それは紙の上のことにすぎない、実のないものだと氏真は判断するはずだ。

なにしろ、信長は起請文などなんとも思っていない、平気で破る、神罰を怖れぬやからだ、いずれ天罰を受けて地獄に墜ちるのだと、清須を追い出された坂井大膳亮（だいぜんのすけ）が駿府で知らぬ人のないぐらい吹聴してまわっているくらいである。

約束を守るつもりがないという信長を相手にすれば、誰だって自分も破っていいと思うに決まっている。だから、人質が手の内にあるかぎり、同盟は有名無実、松平は織田方に付かないと氏真は思うだろう。

――なんとなれば、これは方便でございます、誓って今川とは手切れいたしませんと氏真にいってやってもいいくらいなのだが。これが当家（うち）の殿さんでは無理かもなあ。殿さんを出さずにすませるしかない。

松平元康は馬鹿がつくほどの律儀者、そう信長は信じている。それは大高城からの撤退が遅れたせいだが、そのため元康との約定は信長も守る。坂井大膳は大嘘つき、だから大膳との約定は信長も守るつもりがない。ただ、それだけのことであった。

つまり、神仏に誓うのは形だけのことであって、実体は人と人とが互いに誓うものである。形式が信用のない人に信用を与えることはできない。

それを信長は幼いときに母方の叔父で商いをやっていた人から教わったのだと、織田家との交渉の過程で数正は知った。

なんでも古い証文をたくさん出してきて、これみんな紙くずですわ、これだけの人が当店（うち）に損させといて、残念なことに天罰に当たって死んだゆう話は聞きませんな、人を見る目がなかったとわが身を責めるほかあらしませんなあ、と言ったというのである。

それを聞いて数正は、なるほど商売というのは人の目を開かせ人を変えていくものだと知った。なにしろ三河の田舎で百姓をやっていると、誓詞を取り交わすなど一生に一回あるかないかであろう。人は、ただただ神罰を怖れるばかり。自分の内面に問いかけることで精いっぱいになり、肝心の契約相手のことは見ていない。

ところが、商業が発達した尾張では違うらしい。その尾張者の信長が松平元康を信じるというのだ。だから、この盟約はいちど結べば、駿府の人質を失いかねないほどの重みがあったのである。

――殿さんは、わが妻子を捨てる覚悟をされたのだ。

と数正は思う。将監に昨年生まれたばかりの孫があるように、主君元康にも一昨年生まれた男子と昨年生まれたばかりの姫があるのだ。それを将監に糾され、無策であることを、それこそ一目で見抜かれてしまったのである。そして、そのとき元康は即決したはずだ。

――なんと、おいたわしいことか。

これは交渉にあたってきた自分の責任であろう。ほかの者の責任ではない。なんとしても、一命を賭して人質を救わなければならない。

数正の心配事は増えるばかりだった。

清須に密行する元康の随行に植村新六郎栄政（家存）が追加されたのである。

おそらく本多平八郎忠勝が、殿さんの警固役として自分は清須に同行することになったと新六郎に自慢したのであろう。忠勝の母は、新六郎の父である植村氏明の妹だから、二人は従兄弟になる。しかも新六郎は、駿府に同行したときの元康の児小姓だったから、数正に相談するまでもない。随行させてもらえるよう元康に直接頼める立場にあった。

数正からすれば、新六郎の父の植村氏明は要注意人物であった。親しくつきあってはきたものの、それは表面上のことであって、内心では今川への内謀を疑っていたのである。

先代の広忠を殺害したとされる岩松八弥を討ち取ったのが植村氏明であったが、なぜそのような絶好の機会を得ることができたのか、それが疑問の第一であった。

そして最も大きな疑問は、広瀬城主の佐久間九郎左衛門が八弥を使嗾したという風聞の出所である。現場で討ち取られた八弥の最期の言葉として、首謀者たる九郎左衛門の名を氏明が聞いたのかといえば、そこがきわめて曖昧だった。

むしろ、事の真相を究明するよりも、曖昧なままにしておくことを氏明が選んだとしか思えない。そして、それは今川の三河支配を安定し継続させるためではなかったか、という疑問が消えなかった。

六

岡崎を出発した元康の一行が鳴海まで来ると、交渉にあたった林、滝川の二人に加えて菅屋九右衛門長頼（ながより）が迎えに来ていた。菅屋は信長の馬廻りである。

そして、いよいよ清須の城下に入った。

見慣れた駿府、すなわち駿河国の府中も大きな町だが、それよりも賑やかな感じがするのは、ひとびとが自由闊達にみえるせいであろうか。

そんなことを数正が考えていると、一行の様子がもの珍しいらしく、沿道に見物の町衆が出てきた。城に近づくにつれて、その数がしだいに増えてやかましくなり、それも口々に勝手なことをいっているのがいやでも耳に入る。数正も気になって仕方がない。それが尾張者の滝川や菅屋になると、まったく気にならないらしい。

そのときである。

「三河の松平蔵人佐（くろうどのすけ）、まいられたり。立ち騒ぐとは無礼であるぞ。直れ」

と大音声が聞こえた。前を行く平八郎が大長刀（おおなぎなた）をふるって町衆を追い散らしたのである。あわてて平伏する者までいる。

やれやれ、これは、といった顔で菅屋とともに先頭を行く滝川一益が、うしろを振り返り、数正のほうを見た。

織田方では派手に宣伝したかったところを、じつは密行するので先触れはご遠慮申し上げると、元康の希望を伝えていたのである。

――それを自ら、名乗りを上げるとは。

隣りにいる元康をみると、このようなときの癖で、何事もなかったかのように平然としている。

――これは、ひとことといっておかねばならんな。

と数正は思ったから、城内に入り馬をおりると平八郎に近づき、小さな声でそっと言った。

「なにを力んでいる、平八。庶人を相手にあのようなふるまい、かえって殿さんが小者にみえる、それがわからんか。親父どのに恥をかかすな」

最後のひとことがよけいだった。

「あんな弱虫が親父なものか。おれの親父は……」

と平八郎。何か言いかけたのを途中でやめて、そのまま足早に離れていったのである。

あぜんとする数正を見て植村新六郎がにやりと笑ったのだが、数正は気がつかなかった。

じつは平八郎、

槍を待たせりゃ芝居もうてぬ
ほんだ腰抜け　ほんだ腰抜け
手傷を負って痛いことよ

とはやしたてられ、いじめられていたのだった。新六郎も、自ら手を下していじめに加わってはいないものの、いじめる側に立つ者の一人である。

武家の子ともなれば、それが当世の主流であった。平八郎の養父の忠真とか数正などは珍しいほうである。

そうしたことがあったから、平八郎は従兄弟の新六郎に清須行きを話した。ここで汚名を返上しようと肩に力が入っていた。

「よくやった。あれでいいのだ。こんどは、おれの番だ。まことの三河武士(さむらい)というものがどんなものか、尾張者に、とくと見せてやろう」

と植村新六郎は、近くにきた平八郎にささやいた。

新六郎の父である植村氏明が、その名を上げた「守山崩れ」とは、尾張領内の守山で元康の祖父の清康が家臣の阿部弥七郎(やしちろう)に殺された事件のことである。その弥七郎を斬ったのが氏明だった。そして、先君の広忠が家臣の岩松八弥(はちや)に殺されたときも、氏明は八弥を成敗したのである。

——いつも裏で、織田が糸を引いていたのだ。

と新六郎は思っている。こんどだって、信長が元康を殺そうと考えていたとしても、なんの不思議もないのだ。

——必ずお護りしてみせる。万が一、それが叶わなかったときは信長と刺し違えてやる。いついかなるときも松平の当主をお護りする、それが植村の家の役目だ。

阿部弥七郎を成敗したとき、父は一六歳だった。いま自分は二一歳になっている。父の血を引く自分にできないはずがない。

——もし信長に謀(はかりごと)がなかったら、なかったまでのこと。だが、それでも約定だけは壊してやる。織田と結ぶのはまちがいだ。ご再考あるべきだ。

父が討死したのは、新六郎が一二歳のときだった。沓掛城の近藤氏を攻撃し、今川方に引き込むための戦であった。父が命をかけて守った今川と手切れするなど、あってはならないことである。松平の当主をつぎつぎと暗殺してきた織田と手を握るなど、とうてい許されることではないのだ。

一行は城内を御殿へと案内された。

あとをついて歩く平八郎も、入口で大長刀を係の者に預けると、左腰に差した刀を抜き右手に持ち替え、提げ刀で廊下を進んでいった。そして、面談はこちらの間でいたしますが、しばしの間、ここでお待ちくださいと通されたのが、控えの間である。ここに刀掛けが置いてあったので、平八郎も右手に提げた刀を順手に掛けると、これで自然と柄(つか)がむかって左になった。

刀を右手で持ったり柄を左に置いたりすれば、持ち替えないと抜けないので、これは相手に敵意がないことを示す武家の作法に従ったことになる。もはや習慣となっているから、ここまでは問題なかった。

事件が起きたのは、このあとである。

やがて、一行は面談の間に移動した。

元康を先頭にして、上席家老の酒井正親から石川家成、石川数正と順々に控えの間を出ていったが、植村新六郎は自分の番になると、おまえがさきに行けと平八郎に譲って最後尾についた。そして、元康がなかに入ったのを見届けると引き返したのである。警備責任者の菅屋九右衛門は、すぐに気がついたが、同席しないのだなと思っただけで、特に不審は覚えなかった。

最初に元康の目に入ったのは上座にいる水野信元だった。本日の立会人である。その信元の左手側に信長を筆頭として織田方の諸将が並んでいたが、目があったのは下のほうに控えていた織田勘解由左衛門広良と同玄蕃充信昌だった。尾張にいた頃に世話になった年若い信長の従兄弟たちだから、すぐにわかった。信長の弟の喜六郎信時の姿が見えないが、家来に殺されたという話は聞いていた。

元康は信長の正面に着座した。

その隣りには筆頭家老の林秀貞、首席外交官の織田信広、三河担当者の滝川一益と順に並んでいる。

信長とは、これが初対面のはずだ。子どもの頃に会ったという記憶がない。

「遠路はるばる、よう来られた」

という信長の顔は、喜色満面というのとは違うが、それでも嬉しさを隠しきれないようだった。

信長が信元のほうを見やると、それが合図だった。

「では、さっそく」

と水野信元が起請文の内容を読みあげ始めた、そのときである。

外の廊下に控えていた菅屋九右衛門のほうに男が足早に近づいてきた。抜刀してはいないものの刀を左手に持っているのだから、これは攻撃する態勢だ。通すわけにはいかない。九右衛門は腰に差した刀を返して鯉口を切ると、右手を押し出し、

「待たれよ」

と呼ばった。さきほどの植村新六郎だった。

——刀を取りに行って戻ってきたな。

「通すわけにはいかん」

このまま押し通ろうとすれば、斬り捨てるまでだ。

ところが、間合いを詰めながらも突然、新六郎は刀を両手で捧げ持ったのである。

太刀侍の恰好であった。この恰好で小姓は刀を持って主君のうしろをついて歩くのだが、それは自らの居城とする屋敷内のことであって、客人として訪れた屋敷内でこの真似は正気とは思えない。

「待たれよ」

と重ねて言ったときには、すでに九右衛門の間合いのなかに入っていたが、両手で刀の鞘を握っている。これでは斬るに斬れない。やむなく九右衛門、身体を押しあてて制止する。

「なんの真似だ」

「蔵人佐の家臣、植村新六郎である。主君の刀を持ち来たるなり。なぜ咎めるか」

と新六郎は大音声を上げた。

これが狙いである。このまま押しあいへしあいして、騒ぎを大きくするのだ。運が良ければ、信長が激怒して自ら手討ちにしようと出てくるかもしれない。そうなれば隙を見て脇差で刺し違えてくれよう。

外の騒ぎを聞いて、驚いたのは松平方である。みな緊張していて新六郎がいないことにすら気がついていなかった。

——さては、新六、ぶちこわすつもりか。

と思ったのは数正だけではあるまい。この場で元康が手討ちにしてもいいくらいの乱暴狼藉だが、肝心の刀を持っていないのだ。この屋敷の主人である信長に任せるしかない。

元康は、目を閉じると大きく息を吐いた。なにが起ころうとも和睦の段は続ける覚悟だった。日をあらためるわけにはいかない。こんなことでは、ふたたび清須に来ることが可能かどうか。その自信すらなかった。

「かまわん。入れてやれ」

と信長が、これまた驚くほどの大声で命じた。

そして、刀を捧げ持ったままの新六郎を見ると、

「久しく植村の名を聞いておらなんだが、主君の仇を討つこと二度(ふたたび)とか。噂どおり勇ましいことよ」

というと元康にも、

「よいご家来を持たれましたな」

と言葉をかけた。

元康は恐縮して頭を下げるばかりである。

京風の嫌みをいっているかと誰もが思った。行儀の悪い子を叱るのに、お行儀よろしいな、しっかり躾(しつけ)られてはるなあ、といった表現を使う。

ところが信長は、

「まるで樊噲(はんかい)のようだ。褒美を取らす。これへ」

といって自分の懐から短刀を取り出すと、前へ差し出したのである。

あっけにとられた新六郎は、どうしていいかわからない。躊躇していると、信長の隣りにいた筆頭家老の林秀貞が、早くしろとあごで催促している。

やむなく新六郎は、信長の前に進み出て褒美の短刀を頂戴すると、

「ちゃんと御礼を申し上げげんか」

と酒井正親。声に怒気が混じっていた。

家来の不始末で元康が面目を失わないように信長は気をつかってくれただけでなく、信長本人も無防備になってみせたのだが、それで新六郎は命拾いをした。

すごすごと末席に着いた新六郎は、そこではじめて刀がないことに気がついた。持ってきた刀は、自分でも気がつかないうちに九右衛門に渡してしまっていたのである。

ちなみに樊噲とは、劉邦の警護役を務めていた人のことで、信長が言ったのは「鴻門の会」という楚の項羽と漢の劉邦が会合したときの話である
劉邦を暗殺しようとして宴席で剣舞が始まったが、樊噲はなかに入れない。そこで、持っていた盾で制止する兵士を突き飛ばし宴席に押し入ると、自分は戦勝のふるまいを頂戴していないと大騒ぎを起こして剣舞を中止に追い込み、見事に主君の危機を救った。

この話には、感心した項羽が樊噲に酒食をふるまったという続きがある。つまり、勇を称えて無礼を咎めなかったのである。

話を戻すと、このときの盟約については、肝心の文書が失われてしまったようだ。

関係者の口伝か史家の想像の域を出ないようで、『織田軍記』には「以後、織田家に事のあるときは徳

川家出勢あるべし、徳川家に難儀あらば何時も信長加勢して見継申さんと仰せ合わせられたりける」とあり、いかにも信長が言いそうなことだが、それはもっと後のことではないかと思う。はじめのうちは片務的なにおいのする物言いは避けていたに違いないのである。

両者の関係は『武徳大成記』の「織田天下の主とならば徳川その幕下に従うべし。徳川天下の主とならば織田その幕下に従うべし」のほうが明快だが、これこそ徳川幕府に都合のよい後世の作であろう。

起請文の確認が終わると当事者の二人に続いて立会人の水野信元が血判におよび、あらかじめ小さな幣に牛頭法印の牛の一字を書いてあったものを三つに裂いて、各人がこれを水に溶いて飲んだという。

「このたび和議整い、満足これに過ぎたるものなし。いまより、ともに水魚の交わりをして、両旗をもって天下を鎮めん。すこしも偽りあるべからず」

と信長がいうと、元康も謝辞を述べ、最後に信元が挨拶をして式の次第は終わった。

続いて善美を尽くした饗応の膳が始まったが、ここで信長は元康に長光の刀と善光の脇差を贈った。

これは好意のあらわれである。あるいは元康の身を案じて「これで身を護れ」という、もっと直接的な動機であったかもしれないが、いずれにせよ、年下の従兄弟たちが幼い元康の世話係をしていたことがあったので、自然と信長も兄貴分らしいふるまいができたのであろう。

信長の人柄の善いところが出たから、主君が褒美を下賜するような嫌みがなかった。それで元康も、すなおに受け取ることができたのである。

七

まだ宴の途中であったが、数正は織田信広に別室に呼び出されたので、家老で叔父の石川家成をさそって二人で会うことにした。

信広は、信長の兄であるが、家督を継げなかった人である。その理由の一つに、三河の安祥（あんしょう）城で捕虜となった信広との人質交換によって元康は三河に戻り、そして駿府に送られたということがある。

当時は、捕虜となった敵将を辱めるために、足軽雑兵たちに信広を見物させたほど織田家は憎まれていた。さすがに士分の者には、そうした無礼を許さなかったから、数正にとっては初対面の相手である。

「急ぐ話でもないが、向後は両家互いに隠し事をする間柄でもなかろう。また、お会いできる機会もそうあるまい。ということで、腹心のない証拠（しるし）と思うて聞いてくだされてもよし、お取りあげいただくかどうかは、そちら次第、聞いておいて損になることでもなし、ということでござる」

と信広は話し始めた。

「まずはご紹介しよう。こちらは光明寺の住職でござるが、俗名を青井意足（いそく）と申す者にて、このあいだまで当家の軍配者であった」

さっきから気になってはいたのだが、信広のうしろ奥のほうに僧形の男が一人控えていた。紹介された意足は、数正と家成に軽く一礼した。

「まあ、ご承知のとおり策を献上しても、それをとるか否かは大将の勝手。近頃は当家でも用いること少なく、お役御免とした次第にて、当人に落ち度があったということはござらぬ」

軍配者を名乗るからには、軍略、兵法の知識だけでなく戦の日時や方角などの吉兆も占う術に秀でていなければならないが、逆に信長は、そうした者を好まないのだろう。

「それと、この者、当家では使いこなせぬ事情がありましてな。この者が所持する八幡太郎義家の兵書、平氏から出た当家には見せられぬ、見る者は源氏に限る秘伝の書なのだと。そうであったな、意足」

「左様。軍の手立てというは、秘するあいだを一騎当千と申し、露顕しては当一騎と申す」

「なにゆえ源氏に限るか訊いたのだぞ」

「そも、この兵書の由来は三国伝来なり。邦土においては代々王位器法なり。由来記に所載の武家に渡る次第、追い取りて申すに人皇五六代清和天皇の皇子貞純親王の皇子に鎮守府将軍陸奥守……」

「飛ばせ。最後だけでよい」

「義家より為義、義朝にわたって鎌倉にこれあり」

「というわけでしてな。この兵書、野に埋もれるは惜しい。ご興趣あらば、この者、岡崎でとりたてていかがかと存ずる」

数正と家成は顔を見合わせた。返答に困る。

「それと肝心なことでござるが、源氏は源氏でも、義とか家とかの一字を諱（いみな）にもつ者でないと伝えられぬとか。近々、岡崎どのは名乗りを改めるやもしれぬ。と、すれば、この者にご相談するのも一興かと」

――なるほど、そういうことか。松平と同盟（よしみ）を結んだことを織田は諸国に触れまわりたいのだ。

と、ここでようやく数正にも話がみえてきた。

元康の元は今川義元から一字をいただいたものなのである。今川との手切れを内外に宣言するなら、改名すればわかりやすい。しかし、たとえ改名しても、手を切るつもりはないのだと今川に説明できれば、もっとよいのである。つまり、相手によって改名の理由を使い分けるのだ。

——それと、殿さんの性分だと、手切れを理由に改名したと人にいわれるのはいやだ、はばかりがあるとお考えになるかもしれんな。

数正は家成と相談して、今後松平方では家成が窓口になると伝えると、織田との縁は切れているから今後は意足本人に直接連絡するようにと信広は答えた。

信長は自ら清須の城外まで出てきて元康の一行を見送ると、往路と同じように林、滝川、菅屋の三人が鳴海まで同行した。

それだけでなく、驚いたことに翌日、林と菅屋が岡崎城までやって来たのである。

ついに織田と手を結んだということで城内は動揺していたが、そのなかを信長の名代として織田家の筆頭家老が来たのだから、たいへんな騒ぎだった。

表向きは前日の謝意を示しての表敬訪問ということだったが、本当の目的は岡崎城内の様子を偵察することにあった。前日の植村新六郎の事件は、信長にとっても衝撃だったので、元康が家来どもをきちんと掌握しているのか気になったのである。

——下手をすれば暗殺されるぞ。

松平では二代続けて主君が家来に殺害されているのだから、ひとたび心配を始めたら信長も不安が治まらなくなった。十人しかいない供衆の警護役の植村が、あのような真似をしでかしたのである。叔父の信光が宿直をしていた近習の坂井孫八郎に殺されたときの暗い記憶がよみがえった。

それで菅屋九右衛門に急遽、岡崎行きを命じて、元康の供廻りが大丈夫か調べさせたというわけであった。

岡崎城で九右衛門は、供廻りの配置状況まで詳しく質問しては改善策を提案した。

家老の酒井正親が応接したが、昨日の今日のことであり、しかも大迷惑をかけてしまった当の相手の言うことなので、心配ご無用というわけにもいかず、ただただ拝受するしかなかった。

菅屋九右衛門は温厚、言葉は優しく、立ち居ふるまいは丁寧で問題を起こすような人では決してなかったが、予定になかった急な訪問であり、織田がよけいな差し出口をしてきたと城内は大騒ぎになった。

それでも、なんとか無事に二人を尾張に帰すことができたときには、ようやく緊張が解けて数正もほっと一息つくことができた。

こうなると駿府がどう出てくるか気がかりだった。人質のほうは無策のままだから、なんとかしなければと、いまさらながらに思った。

「かえって、よかったではないか。みなに告げる手間が省けた」

と酒井忠次は笑いながら数正に話しかけてきた。

「そうだな。決まれば決まったで、みな腹が据わる」

と数正が応じたところに元康が通りかかったが、出し抜けにこう言ったのである。

「決めたぞ。名乗りを変えることにした」

数正はぎょっとした。

「なんというお名前に」

「植村に決まっておるだろう。なんだと思うたのだ。尾張にまで勇名とどろいておるという話だったではないか。こたび、いきなり尾張から使者が来たのはたれのせいだ。あいつのせいではないか。あいつにだけ植村を名乗らせておくわけにはいかん。そこで、飯島庄右衛門に申しつけたところだ。向後は、おまえも植村を名乗れとな」

安堵の表情をみせた数正に、元康がひとこと、

「やはり、おまえも不安に思うておったのだな」

と大きく笑った。

2――孤愁

一

「どうせ、なにを申したところでなにも聞いとりゃせんのだ。適当なことを申したまで。むこうもいうべきことを言ったまで。得心などするわけもないが、一応、今日のところは承ったと、それで帰ったわ」

と酒井正親は石川数正に言った。

織田家から林、菅屋の二人が岡崎城にやって来た日から数えて、わずか数日、さっそく今川から使者として篠東(しのづか)城主の西郷内蔵助(くらのすけ)俊雄(としお)が派遣され、難詰されたのである。

家老の酒井正親が対応して、織田との和睦は危急を逃れんがための計策(はかりごと)であり、今川との数代にわたる恭好を報じる覚悟に変わりはなく、信長を攻めるときは岡崎で先手を務めたいと返答したのだった。

「されど、敵もさる者でな」

と続けた。

酒井の言質だけなら実際に今川が尾張に向けて大軍を発することのないかぎり嘘は露顕しないはずだったが、忠誠の証として山中城などいくつかの城を明け渡すように命じられたのであった。承諾して、守兵を引き上げ岡崎に入れるしかなかった。

その一方、念には念を入れて駿府に使者を送った正親は、今川氏真の無二の寵臣だという三浦右衛門佐義鎮を頼り、疑いを招くようなことをしたと陳謝して、妻子を証人として遣わしているうえは異心などあろうはずがないと弁明している。

じつは、公に使者として来城した西郷の助言を受けてのことであった。自分に釈明するだけでなく三浦右衛門にも挨拶に行ったほうがよいという。それで駿府にも使いを出したのだが、こういう場合、もちろん進物を持参している。当然、助言をくれた西郷にも御礼は欠かせなかった。

「もはや質は動かそうにも動かせんが、やむを得まい。質に置いておるかぎり御当家は安泰じゃ」

正親は数正に比べると、よほど割り切っていた。


そんなことのあった永禄四年(一五六一年)も春を過ぎた四月のことである。

突如として信長は三河に出陣すると、三宅氏の居城である梅坪城(豊田市梅坪町)を攻撃した。

麦畑をなぎ払い敵を追い詰めたが、敵も屈強な射手を繰り出して足軽合戦となった。前野長兵衛義高が討死したが、三宅氏は降伏。たくみに矢を射た平井久右衛門は、敵方からも賞賛され矢を贈られただけでなく、信長からも矢を入れる武具、豹皮の大靫と葦毛の馬を頂戴した。

さらに信長は野営した後、瀬戸方面に街道を北上すると、はしからはしへ火を放って麦畑をなぎ払い、矢戦をしながら鍛冶屋村を焼き払った。

また野営すると、その翌日には同じく三宅一族の伊保の城（西古城）を攻めたてたが、ここは梅坪から北へ瀬戸に通じる街道と、足助から西へ那古野に至る伊那街道とが交差する交通の要所であった。

三宅氏を降した信長は、さらに北上を続けて八草城へも押し寄せ、麦畑をなぎ払って中条氏を屈服させると、ようやく帰陣したのである。

三日もうろうろしていたのは、あたかも松平が援兵を出さないことを確認するかのようであり、あるいは松平との同盟を天下に周知するかのようであった。

「いやあ、ひと芝居うつのも難儀なことじゃ」

と飯島を改め植村庄右衛門正勝が帰城してきた。

「ご苦労、これはこれでやっておけば文句は付けられまい。芝居だろうが何だろうが、やっておけばよいのだ」

と酒井正親は労をねぎらった。あたかも索敵に失敗したかのようにみせかけるため、正勝は手勢を率いて実際に出撃し二晩野営してきたのである。

芝居と聞いて数正は、本多平八郎のことを想った。

――猿芝居と笑われるのも、いまのうちだけだ。後の世になれば、笑う者などどこにもおるまい。

と信じているが、養父の忠真には、とても平八郎のことを話せなかった。

信長の侵攻をみて安堵したのは東三河の在地領主たちであった。なかでも菅沼伊賀守定勝、菅沼織部正定盈、西郷弾正左衛門正勝といった諸将は、今川と手切れして、織田と同盟を結んだ松平元康を頼ることを決断した。

説得工作にあたったのは本多庄左衛門信俊である。

元康の譜代の家臣というふれこみだったが、じつは元康が岡崎に戻ってから家来になった男である。それも、桶狭間の合戦に信長が勝利したのをみて清須に殺到した、多くの浪人たちのなかのひとりにすぎなかった。

東三河の出身だというが、本貫の地はもちろん本多の姓を名乗ったのもあやしいもので、江戸時代になって子孫が幕府に提出した家譜には本多忠豊の弟の孫としてあったものの、忠豊の実の孫である平八郎忠勝の後継が認めず、却下されて別の家に分類されたくらいであった。

ただし、それぐらい押しの強い男であったから、

――自分を召し抱えれば、東三河の国衆が今川と手を切り、織田に付くことまちがいなし。

などと大言壮語したのである。

それで信長がおもしろがって採用したのだが、

――こののち三河のことは岡崎どのに任せる。

とひとこと、ことわりを入れて石川数正に身柄を預けた。つまり、すでにこのとき信長の頭のなかには、松平をもって今川の再侵攻の防波堤とする構想があったのだ。

そうして松平家中に入ったのだから、この男、現代でいえば採用当日に関連企業への転籍出向を命じられたようなものである。

そのうえ信長に面とむかって、

――主君が松平では実が挙がりませぬ。ここはやはり織田の看板がないと押しが利きませぬ。ついては、それがしにふさわしい名を、できれば、お屋形さまから信の一字を賜りたい。

などと、ぬけぬけとねだってみたところ、ものは頼んでみるものである、まんまと許されたのだった。それで、本多百助を改め本多庄左衛門信俊になったという次第である。

はじめの頃は扶持も織田家が出していたに違いないが、指揮系統は切れている。それが信長に気に入られて一字を頂戴した男などという曖昧な資格でもって東三河の諸将を調略したのだから、じつのところ何を約束したものかわかったものではなかった。

しかし、それでも本多信俊の予言したとおり信長が三河に姿をみせたとあっては、諸将も彼を信用しないわけにはいかなかったろう。

だから、東三河における早すぎる蜂起の悲惨な結末について、その責任の多くは本多信俊にあった。とはいえ信俊の本質は、細作と呼ばれる諜報員である。敵の後方で攪乱工作を行う小者にすぎないのだから、敵を味方に引き入れる調略は荷が重かったに違いない。それで調略も秘密裏に行うのではなく、むしろ東三河の国衆がそろって今川に叛旗を翻そうとしているといったような風聞をしきりと流して、雰囲気づくりをしていた。

そのため、吉田城では緊張が高まっていた。

直接の引き金は、人質になっていた菅沼定盈の一一歳になる妹が、乳母の手引きで吉田城から脱出してしまったことにある。

諸将が戦の支度を進めていることは明らかだった。

いつ開戦しても不思議ではない状況だったし、いっせいに国衆が蜂起して攻め寄せてくれば、吉田城内にいる今川直参の兵力では城を守りきれない。そう思い込んで恐慌をきたした今川氏真は先手を打った。

蜂起を思いとどまらせようとして、吉田城に預かっていた人質を十人ほど、城下の龍拈寺口に引き出し、磔に掛けて殺してしまったのである。

このとき見せしめに殺された人質は史料によって諸説あるが、竹谷松平家の備後守清善の娘、西郷正勝の甥の孫四郎正好、菅沼左衛門尉貞景の妻、水野藤兵衛の妻、大竹兵右衛門の妻、浅羽三太夫の嬰児ふたり、奥山修理の妻、梁田某の妻、白井愛右衛門の妻ならびに嬰児の合計一一人だという。

処刑された者は寺から離れた場所に埋葬されたが、その場所は定かではない。

一説には、このとき築かれた塚を十三本塚として被葬者数を示したものと伝えるが、訓はとみもとであって富本の町の名をあらわしたものともいう。また、当時は槍を一三回入れるまで絶命させなかったともいわれ、正保年間の小笠原侯時代の刑場跡で、被葬者十人前後ごとに塚を築いたので十三本塚と呼ばれる塚は複数あったともいわれている。

他方、信長の侵攻に安堵したのが東三河の国衆だとすれば、反対に肝を潰したのは、荒川城主の荒川甲斐守義広だった。

桶狭間の合戦後、今川氏が撤退したのちは孤立無援の状態になっていたから、いつなんどき三宅氏や中条氏と同じ目に遭ったとしても不思議ではない。

というのも、この荒川氏、もともと東条吉良氏の分家であるが、義広と吉良家当主の義昭（よしあき）とは互いに反目する間柄となっていたからだ。

義広の兄の吉良持広（もちひろ）は松平氏や今川氏に服従してきたが、ついに最期になって叛旗を翻し、尾張と縁の深い西条吉良家の幼い当主（義昭の兄の義郷（よしさと）または義安（よしやす））に東条吉良家の家督を譲るという遺言を遺して亡くなったのだった。東西吉良氏を統一して、松平や今川と対抗しようとしたのである。その際、圧倒的な軍事力を擁する今川に逆らっては勝ち目がないとみて、義広は袂（たもと）を分かった。

ところが、その今川が織田信長に負けて西三河から撤退してしまったのだから、敵は信長だけではなくなった。

吉良義昭も、もともと吉良領である荒川の所領を狙っている。

そこで荒川義広は、荒川城に松平の援兵を入れて防御を固めることにした。そのために、松平元康の異母妹である市場姫を妻に迎えて同盟（よしみ）を結んだ。兄の吉良持広が元康の祖父である清康の妹を迎えたのと同じようなことであったが、家格の高い吉良家のことである。いくら分家とはいえ、松平氏との婚姻関係は屈辱的なことであった。

――わが兄は耐えられなかったが、やむを得ないことなのだ。

と義広は自分自身を説得するしかなかった。

市場姫は戸田氏から嫁いできた真喜姫の娘で、このとき一七歳。親子ほどに歳が離れていた。歳の差もあったのだろうが、なかなか義広は市場姫に手を付けようとはしなかった。義広自身は気がついていなかったが、これも兄と同じだった。

二

「思し召しきったる殿さんの仰せ。聞いておらなかったのか」

家老の酒井雅楽助正親が石川数正を叱責していた。もはやこれで議論はお終いだという合図でもあった。同じく四月初旬のことである。荒川義広への市場姫の輿入れは、話がまとまったというだけにすぎない。しかし、すでに酒井正親の兵は荒川城に入城し、事実上占拠していた。

荒川城のつぎは西尾城だ、と酒井正親は元康に強く進言していた。

信長との約定に従えば、西尾城は松平の支配領域である。すでに信長が梅坪、伊保（西古城）、八草の城を手中にしたように、松平も西尾城を好き勝手にできるのだ。

さらに都合のよいことに西尾城の守りは薄い。もともと西尾城は吉良方の城であり、西尾城主だった吉良義昭を東条城に移した後は、今川の被官である牛久保城主の牧野新二郎貞成が管理しているにすぎない。その牧野貞成が援兵を請う相手として唯一、西三河で期待しているのが松平元康であった。その元康が今川と手を切ったのである。

いま西尾城を攻め取るのはたやすいことだ、これぞ千載一遇の機会である。そう酒井正親は主張する。

たしかに軍事戦略のうえでは正しい。しかし、それは松平が今川に叛旗を翻したことを示す動かぬ証拠となるのだ。駿府の人質は殺されてしまうだろう。

――一三年前と同じだ。

と数正は思った。

竹千代と名乗っていた元康が尾張に連れ去られたときの父の広忠の返答と同じように、元康もわが子をきっぱりと見捨てた。その翌年に広忠が亡くなった後の評定で、酒井正親と意見を戦わせたのも数正だが、そのときと同じだ。ひとまず人質を取り戻してからと数正は主張し、正親が反論する。

「吉田では、菅沼織部正が妹を取り戻したではありませんか。なにか手がないか調べてからでも遅くありませぬ」

「吉田と駿府では大違いだ。よほど警戒は厳しい。それにわれらが駿府に出向けば殺されてしまうぞ」

「織部正は偽計をもって妹を取り戻しただけでなく、ご内室をいったん離縁し長沢の家に返して、継室を櫻井の家から迎えた。そのうえで質を帰すよう長沢の家から城代の小原に申し入れさせたのですぞ。そうやってご内室だった女性(ひと)の命を救った。当家も思案を重ねれば、なにか手があるはず」

「離縁すれば御台は助かるかもしれんが、子を戻す手はなかろう。姫さまはともかく竹千代君はどうなる」

考え込む数正に、正親が言った。

「質を捨てればよいことだ。ここで一戦におよび、兵をむだに殺すつもりか。討死する者を減らすことができる、それで十分ではないか。子はまた為せばよい」

「主君(あるじ)の廉中(れんちゅう)や嫡男を兵数と引き替えるのか」

「なにをいまさら。きれい事を申すな」

「きれい事ではないぞ。主筋のかたがたが生害召されるときに殉ずる者が一人もいなくてどうする。そのときは、わしが駿府にまいる覚悟だ」

「柄にもないことを。なにを思い詰めている。いまどき殉死など流行らんぞ。考えすぎるな」

というと正親は席を立った。この話は不毛だ。これで終いにする。

「いつまでも猿芝居でごまかせると思うておるのか。併呑できるところは併呑し、戦支度を調えておくのだ。今川に先手を取られてからでは遅いぞ」

あのときと違うのは、今川と織田が入れ替わっていることだけだろう。あのときもいまも重臣の正親は、主君の子どもの安否など気にかけてはいないのだ。そして、それを主君は追認している。

ただし、「思し召しきったる」と正親は言ったが、父の広忠と違って息子の元康は、家来の書いた文書をそのまま読みあげたりはしなかった。ただ、ひとこと「雅楽助の申すとおりに」と言っただけである。

――おいたわしいことだ。ご自分も先君の仰せのとおりに倣おうとする。それが主君のとるべき正しい道だと信じておいでなのだ。

と数正は思った。尾張では違ったかもしれないが、少なくとも三河や駿河では、それこそ周囲の誰もが、父君は正しい決断をしたのだと、幼い元康に教えてきたのである。

――そうだ、松平は御家のためなら、たとえわが子でも見殺しにする家だ。しかし、それでいいのか。

正々堂々と行進してきた酒井正親と荒川義広の軍勢を前にして、西尾城は陥落した。突然の裏切りに、牧野貞成と成定の親子は為す術もなく、居城の牛久保城（豊川市牛久保町）まで逃げていった。

ところが、その牛久保城も攻城戦の最中だった。

あらかじめ重臣たちの大部分を調略してあったうえに東三河の国衆から奇襲攻撃を受けて、牛久保城は落城寸前。なんとか陥落を免れたという有様だった。

これが四月一一日のことである。信長が三河に姿を見せてから十日とたっていなかったが、三河はまるで暴風のような騒乱の渦の中にたたき込まれたのだった。今川氏は、こうした東三河諸氏の離反を「三州錯乱」と呼び、ただちに兵を動かした。

東海道の御油宿（愛知県豊川市）から見附宿（静岡県磐田市）を結ぶ脇街道は、姫街道として知られているが、本坂街道とも呼ばれた道であり、浜名湖の西に連なる湖西連峰、すなわち三河遠江の国境を本坂垰で越える。

この本坂垰にほど近いところに西郷氏の月ヶ谷城があった。湖西連峰から西に分かれる標高三六九メートルの無名峰の南陵、街道沿いの嵩山の集落から一七〇メートルほど登ったあたりにあって、街道を監視するのに都合がよかった。

七月、今川氏真は、この月ヶ谷城を南の嵩山市場口（市場城）から攻撃。市場城城主の奥山修理は城を捨て、兵卒七十あまりに一族の婦女子あわせて一七〇人ほどを連れて本貫の地である遠江に落ちのびていった。

これは今川方の大勝利であったが、東三河の諸氏はたくみに流言をひろめていった。

すなわち、奥山氏は今川の忠実な被官であったにもかかわらず、氏真の寵臣、三浦右衛門佐に媚びることなく賄賂を出さなかったために讒言され、ついに誅伐の憂き目に遭ったというぐあいである。この場合、吉田城で妻を殺された奥山修理がさほど抵抗を示さないまま城を捨てたことが、流言を信じさせるに役立った。

　そして、三浦に媚びへつらえば加恩昇進望みのままに成就するので、今川の家風はおおいに衰廃し、酒宴乱舞に奢侈を競い武備はことごとく捨て果てたる次第だといったような、まことしやかな風聞がひろまっていった。

　続く九月、氏真は五本松城を襲った。

五本松城は、月ヶ谷(わちがや)城を南陵に擁する無名峰の北面山麓にあって、市場城から見ると、ちょうど山の裏側になる。吉田城で甥を殺された城主の西郷正勝(まさかつ)が、この年になって新たに築いた城で、主城の月ヶ谷城を嫡男の元正に譲り、自分の居館としていた。

　その五本松城が夜襲され、西郷正勝は七十あまりの家来とともに討死。五本松城から帰城する途中だった嫡男の元正も急を聞いて駆けつけ、十数名の兵を率いて父とともに戦ったが討死し、月ヶ谷城も陥落した。

　また、豊川東岸の野田城も包囲され、菅沼定盈らは開城して降伏。一〇月には設楽郡北部の島田城でも戦闘があり、菅沼定勝・三照(みつてる)の親子が今川に降るなど、東三河では今川方が支配力を維持していた。

　この間、松平方による軍事活動は、もっぱら西三河の支配を確立することに主眼が置かれ、遠征は牛久保のほか赤坂や長沢など宝飯(ほい)郡までが限界で、東三河諸氏の支援にまで手がまわらなかった。

　松平元康が今川に叛旗を翻したことは明白となったが、今川方も西三河まで進攻することはできなかった。

ともに今川の支配下にあるときは平和だった。

それが、西三河における今川の支配体制が弱体化するとともに、吉良と松平の抗争が再燃、激化したのである。

三

もともと今川の強大な軍事力を背景として松平一族が吉良氏の領地を侵食してきたのであってみれば、吉良氏にとって松平と今川との手切れは失地回復の絶好の機会である。また、今川が撤退したことで、水野氏の小河城に留め置かれていた人質も解放されている。

他方、松平からしてみれば、今川のために使っていた戦力を、吉良との戦に投入できるようになった。

吉良氏の主城は東条城（西尾市吉良町駮馬字城山）である。

これを攻略するため、元康は東条城の南約八〇〇メートルの津平に砦を築くよう松井左近尉忠次に命じた。六月末のことである。砦を構築すれば津平郷一円を与えるという条件で、万一、敵が降り無事に終わった場合でも知行は与えるという破格の条件であったが、それは二月の石ケ瀬の合戦での勲功と合わせてのことだったかもしれない。

忠次は近くの友国にも砦を築いた。

次いで元康は、南西約一キロの小牧にも砦を築いて本多豊後守広孝を入れた。

ここが松平の本陣で、ちょうど東条城の真むかいになる。

さらに元康は、東条城の北北東約三キロにある室城を監視する拠点として、その東南東約一キロの糟塚にも砦を構築し、小笠原三九郎長茲を配置した。

なぜなら、室城には剛勇でひろく知られた吉良家の重臣、冨永伴五郎忠元がいたからである。

五年前の弘治二年、二〇歳だった伴五郎は、もとは吉良方の所領だった中島郷と永良郷を奪還するために中島城を攻めた際、深溝松平家の当主であった大炊助好景をはじめとする親族二一人、従者三四人を室城と東条城とのあいだの善明堤の近くで討ち取るという大功を立てていた。

深溝の家を継いだ松平主殿助伊忠にとって伴五郎は親の仇となった。また、中島城主である板倉忠重にとっても父好重の仇、忠重の下で実務を預かる松平勘解由左衛門康忠にとっても兄の仇となったのである。

だから彼らは、吉良方を調略したり遺臣の旧領を提供したりして土地を手当てし、岡崎方による砦の構築に協力したのだった。そのかわり、協力の見返りとして必ずや伴五郎を討ち取れというのである。それが深溝松平、板倉両家の条件だった。

両家が直接戦闘に参加しなかったのは、これが松平と吉良の争いであって、今川は中立を保っていたからである。今川氏真にとってみれば、吉良氏が現状を一方的に変更して今川の権益を侵そうと企てないかぎり、この場合は五年前のように中島郷と永良郷に手を出さなければということになるが、吉良氏と争う理由はなかったのである。今川にとっては、これまで数十年にわたって松平一族による吉良領の侵食を黙認してきたのと同じことであった。

しかし、これで家祖の忠定の代から今川の被官化していた深溝の家が、岡崎の宗家により近づくことになった。

桶狭間の合戦で元康の指揮下に入ったのは今川義元の指図によるものであったに違いないのだが、このたびは当主である伊忠の自主的な判断である。

信長に負けた今川は、もはや頼みにならない。織田と結んだ岡崎の家と手を組もうというのである。そして、なにより好都合なことに、深溝の家は今川に人質を出していないのだ。


当時、室城と東条城とのあいだには東西を山に挟まれた谷があって、そこを須美川の本流が南に流れて深い淵を形成していた。谷の西側は標高五八メートルの背撫山で、その山裾が川におりる途中に足助から岡崎を経て吉良湊に至る街道が通っている。このあたりで街道は二つに分かれ、川を挟んで谷の両側に道がついていたものの、どちらの道も狭く急な斜面の途中にあって難所になっていた。

さきの五年前の戦では、この場所で挟撃され川の淵に転落して溺れ死んだ者が少なくなかった。なんとか切り抜けて谷を出たところが善明堤で、ここで力尽きて松平好景は死んだのである。

「よって、ここは深溝の家にとって因縁の場所だ。ここに伴五郎を誘き出し淵に沈めてやろう」

と本多広孝は言った。

「さようなぐあいに、うまくいくものかな」

と言ったのは松井忠次である。

「なにも無理することはあるまいが、深溝の家の頼みだ、できることなら叶えてやれ、というのが殿さんの仰せだ」

「伴五郎が東条の城に出仕するのは三日に一度。毎日ではない。室の城におるときに東条に寄せれば、必ずや加勢に出る。そこを狙う」

というのは室城の監視を続けている小笠原三九郎であった。冨永伴五郎は、松平の砦で包囲されているにもかかわらず、日々の暮らしを変えなかった。松平に降るでもなく、主君を見捨てて室城に籠もるでもなく、居城を捨てて東条城に籠もるでもなかったのである。

「東条は伴五郎が頼みの綱だ。こやつを討ち取れば降参するに相違ないのだ。城に寄せるとみせて、狙うは伴五郎ひとりの首。これを忘れるな。心して掛かれ」

と本多広孝が軍議をしめくくった。

攻撃開始は津平砦の構築を命じてから三月後、九月一三日である。太陽暦で一〇月二一日。深田の水が引き、稲がみのり収穫直前になるまで待ったのだった。

まず、本多、松井勢が砦から出撃して東条城の周辺に散開した。

そして、あらかじめ徴発しておいた近在の百姓を総動員して、稲刈りを始めたのである。掠(かす)め取りであった。これを黙認するようなら、それこそお終いだ。もはや領地は失われたも同然である。

ただちに伝令が室城に走ると、たちまちのうちに冨永伴五郎忠元が手勢を率いて救援にむかった。

これをみた糟塚砦の小笠原三九郎長茲も、そのあとを追った。谷には伏兵を配置しているし、本多、松井勢も迎撃に出るはずだ。

――かかったぞ。伴五郎は袋のねずみだ。

と小笠原三九郎が勝利を確信したとき、本多、松井勢が転進して須美川の上流にむかったのをみて、東条城の城門が開かれ吉良勢がどっと押し出してきた。

これが、なんと冨永伴五郎である。

「伴五郎だ。影武者を使いおった。戻れ」

と松井忠次は叫んだ。下手をすると挟撃されるのは自分たちだ。

しかし、引かば押せは戦の常道である。東条城から打って出ることを見越して、本多広孝は後詰めを用意していた。忠次の弟、松井次郎兵衛尉光次である。

後詰めの参戦で戦力が増えると、先頭を単騎で駆け出してくる伴五郎めがけて討手が殺到した。

稲刈りの最中の田を踏み荒らし蹴散らしての猛攻であったが、伴五郎は藤波畷（ふじなみなわて）と呼ばれた田のなかの細い一本道を前後左右に行き来するだけで田のなかには入らず、討手をつぎつぎに倒していった。

大久保忠員（ただかず）の三男の大八郎が戦死し、鳥居半六郎も討死したが、圧倒的な敵の戦力の前に伴五郎もついに力尽きた。

首を取ったのは広孝の家来の本多甚十郎だという。

冨永伴五郎忠元を失った東条城主の吉良義昭は戦意を喪失し、城を明け渡して降伏した。

本多広孝は恩賞として小牧砦付近の地を賜り、砦跡に邸宅を築いて地頭役を置いたほか、藤波畷に伴五郎を供養するために塚を築いた。この塚は現存してはいないが、のちに地蔵さまが祀られ、これが伴五郎地蔵と呼ばれるようになったという。

四

東条城の陥落に続いて、岡城（岡崎市岡町西側）も陥落した。城主であった板倉弾正重定は、東三河の作手に落ちていった。元康は、九月一八日付けで、六七歳の河合勘解由左衛門宗在を「作岡代官」に任じた。古くからある東海道の要所であった。

そして、年が明けて永禄五年（一五六二年）二月四日の晩のことである。

曇天で闇夜の晩であったが、たとえ晴れていたとしても上弦の月の明かりは細くて弱い。陰謀を実行するには、なんの支障もなかったはずだ。

この日、上ノ郷城主の鵜殿藤太郎長照は、安楽寺での歌会を中座して城に帰るところだった。いつになく疲労が激しく、からだが重く感じられ気分が悪い。歩いて五分とかからないところなのだが、だんだんと意識が遠のくようで、やがて立っているのがやっとという状態になった。

そのとき、ふっと手燭が消えた。あわてて供の者が火を点けようとするが、なかなかうまくいかない。どうせ通い慣れた道である。長照は供の者を残して、ひとり先を急いだ。早く横になりたかった。

――まだ安楽寺の横の坂道だ。急がないと倒れてしまいそうだ。

と思ったときのことである。藤太郎、藤太郎と呼ぶ女の声が、かすかに聞こえる。はて、いまどき長照をそのように呼ぶのは母しかいない。なにか母の身に良くないことが起こったに違いない。

――母上いかがされましたか。いますぐまいります。

と、声のするほうに走り出したそのときである。
ひそんでいた伴与七郎が飛び出し、一刀のもとに長照を斬り殺すと、じつに手際よく首を打ち落としてしまった。長照は叫び声を立てる間もなかったから、供の者も誰ひとりとして気がつかない。首のない主君の死体を発見したときには、怖ろしくなって一目散に逃げ出してしまったほどであった。

それから一月後、竹谷(たけのや)松平家の備後守清善(きよよし)と玄蕃允清宗(きよむね)の親子による上ノ郷の城攻めは三日におよんでいた。初日は首を七十ほど取ったが、味方の損害も大きく、かなり難航していた。それでも、しゃにむに攻めたてたのは、亡くなった長照のあとに上ノ郷城に入った柏原城主の鵜殿藤助長忠(ながただ)が因縁の相手だったからである。

松平清善は、かつて今川義元の妹を娶(めと)っていたが離縁していた。そして、その女性(ひと)が長照・長忠兄弟の亡父の鵜殿長持に嫁ぎ、上ノ郷城で彼らを産んだというわけであった。

もっとも、ここで説明が必要になるのだが、江戸時代に成立した家譜では、今川義元の妹を娶っていたのは清善ではなく父の親善(ちかよし)だということになっている。しかし、主筋にあたる今川家の姫君が親子ほども年上の家来に嫁ぐとは考えられない。適齢の嫡男がいるのだから、清善の正室に迎えたと考えるほうが自然であろう。

では、なぜ事実と異なる家譜が作成されたのか。その謎を解く鍵は、今川家の姫君に松平を名乗る男子があった場合に、それが誰かということである。

家譜によれば、松平清善は今川家の姫の子で、今川氏真の三三歳年上の従兄弟ということになってい る。そして、清宗の母は形原松平家の家広の娘とされているので、二代続けて竹谷家は親子ほど歳の離れた若い女性を室に迎えたことになる。こんどは主筋ではないから、あり得ない話ではないが、形原の家譜に該当する女性がみあたらない。

そこで、松平清宗こそが今川の血を引く子であり、氏真と同じ歳の従兄弟だったと考えたい。おそらく大名家の基礎を築いた清宗の武勲を後世に伝えるには、はばかりが大きかったのである。

話を戻す。

松平清善が今川義元の妹を離縁したとき、清宗のほかにも女子があった。この清宗の幼い妹は伯父の義元に預けられ、吉田城で大事に育てられていた。というのも、東三河の国人衆が服属の証人として差し出した人質とは明らかに意味あいが違ったからである。

しかし、昨年、清宗が自分の正室である深溝松平家の好景の娘を、人質として岡崎城に差し出すと、今川方の待遇が一変した。

今川氏真にとっては従兄弟の裏切りである。

激怒した氏真は、吉田城代の小原鎮実に命じて、ほかの人質と同じように清宗の妹も磔に掛けて殺してしまったのである。

だから氏真は、清善と清宗の親子にとって血を分けたわが子、わが妹の仇となった。清宗にとって鵜殿長照・長忠は異父弟にあたるが、それはたいした問題ではない。妹を殺した今川氏真に忠誠を尽くす敵の一人にすぎなかった。

四日目、三月一五日になると攻撃は止まった。

しかし、岡崎宗家から元康が自ら出馬して加勢する、それを竹谷の家は待っているのだという風聞がしきりに流れていたから、上ノ郷城では城兵も動揺を隠せなかった。

今川の援兵は来そうにもなかった。

鵜殿一族でさえ抵抗を続けているのは上ノ郷城の宗家だけであって、下ノ郷城（蒲形城）の鵜殿長龍も松平に付いたのである。不相城の鵜殿長成は抵抗を続けていたが、ついに連絡がとれなくなり吉田城に落ちのびたかどうかという有様だった。

もはや脱出することもできない。

鵜殿の諸城は、互いに四キロと離れていないが、五井松平家の五井城と竹谷城のあいだに点在している。

上ノ郷城から敵方の竹谷城までは約二キロしか離れていなかった。

脱出するためには海岸に面している不相城まで行かなければならないが、すでに落城している。そのあいだには松平方に味方した下ノ郷城があったから、厳重に警戒していると思わなければならない。

――せめて、子どもらだけでも逃がせないか。

と鵜殿長忠は考え、ふと夜陰にまぎれて城の東を抱えるように流れる兼京川を下って三河湾に出たらどうかと思いついたが、

――無理か。形原の城がある。すでに舟を出しているに違いない。

と、すぐに否定した。兼京川下流の落合川の河口から形原まで海上五キロもないのだ。必ず見張っているだろう。

形原松平家の当主である松平家広も、岡崎宗家に与（くみ）したために末子の右近を小原鎮実に殺されている。海岩城とも称されていた形原城から見おろせる伊尾の浜辺まで、見せしめのために舟で吉田城から運んできて磔に掛けたのだった。長男の家忠が一五歳だから、末子となると元服前であったかもしれない。だから、竹谷の家と同様、形原の家も復讐に燃えているに違いなかった。

そうした状況のなかで、松平元康が名取山に布陣した。

おそらく上ノ郷城の北西約八〇〇メートルのあたり、標高七二メートルの三角点のあたりだろうか。比高四〇メートルほどの小山で、上ノ郷城の丘よりやや高い位置になる。

そのときである。

「加勢がまいりましたぞ」

という大声が響き渡った。

ついに、長忠のもとに援軍が到着したのである。

「お屋形さまの命により助けにまいった」

というのは、松井左近尉忠次だった。今川家直参である。

東条松平家の与力として、幼い亀千代の名代に任じられ、昨年には松平と合力して東条城の吉良義昭とも戦ったことがあった。

「東条の城が陥（お）ちましたゆえ、このほど任を解かれまして」

という。同じく今川家直参で六年前に東条氏と戦った深溝松平の家が、今川を見限って岡崎宗家と同盟を結び、こたびの一戦に敵方として参陣しているのとは大違いだ。

これが平時であれば、長忠も不審に思ったかもしれない。

しかし、このとき松井忠次は、思いのほかの大軍を率いてきて、元康の本陣に向けて攻撃態勢をとったのである。それで長忠も、忠次の言葉を信用してしまった。

じつのところ、兵は元康の母の於大の再婚相手である久松佐渡守俊勝（長家）に借りてきたものだったが、それは鵜殿の陣営に久松の将兵を知る者がいなかったためである、たとえ旗を立てていなくても、なかに見知った顔があれば露顕すると思ってした用心であった。

上ノ郷城に入ってきたのは松井忠次の供廻り、わずか一八人にすぎなかったが、城内を攪乱するには十分だった。

放火され燃えさかる炎のなかで裏切り者が出たとの叫び声が飛び交うなか、もはやこれまでと城外に脱出した長照のふたりの遺児、一四歳の三郎四郎氏長と弟の藤三郎氏次は生け捕りになってしまった。

彼らを捕らえたのは、あらかじめ伏兵として配置されていた伴与七郎の手勢であったが、これは運がよかったという話ではない。万が一にも逃すことのないように周到に準備され、計画の実行には満月の晩が選ばれていたからである。

鵜殿長忠も甥のふたりとともに捕らえられた、あるいは殺されたと考えたほうが妥当かもしれないが、どうにか駿府まで落ちのびたという説もあるので、ここのところはこれに従っておく。

他方、松井忠次のほうは、このあと四月一三日付けで元康から東条城の城代に任じられ、亀千代の後見役としての地位を保証してもらうことで、正式に松平一族の一員となった。

久松俊勝は、恩賞として西郡(にしごおり)を得たが、おそらくは元康の内意を受けてのことであろう。嫡男の信俊(のぶとし)に阿古屋(あこや)を譲り、上ノ郷城には於大とのあいだに生まれた二歳の次男を置いた。この子は初名を勝元(かつもと)といったが、のちに元康から松平の姓を許され一字を与えられたので、以後、松平康元(やすもと)と名乗るようになった。

久松俊勝のほうは、昨年夏に山中城を陥した功績によって岡崎城に常駐する留守居役を仰せつかっていたから、このとき元康は母と同じ城に住んでいたというわけである。

五

築山殿(つきやまどの)とは、松平元康の正室の呼称である。名前ではない。

このあと暮らすことになる岡崎の屋敷から付いた呼称だから、ここで使うのはふさわしくないのだが、ほかに適当な呼び方もないようだ。

関口刑部少輔親永(ぎょうぶしょうゆうちかなが)の娘であった。母は井伊直平(なおひら)の娘であったが、井伊家が服属した証拠として差し出された人質のようなものであって、今川家中で育てられ、義元の義妹として関口家に嫁いできた。

つまり、築山殿は今川氏真にとって従兄弟にあたる。

このとき二十歳前後であったろう。一昨年、二人目の子を産んだところだった。

「なにゆえ私は岡崎にまいらねばならないのですか」

と築山殿は詰問したが、これは石川数正にとっては予想外の展開だった。彼女と交換するための人質さえ手に入れれば、あとは楽だと思い込んでいた。

「私は駿府で暮らしたいのです。たれが岡崎など。あんな田舎は嫌いです」

数正は困惑していた。

――身の危険を感じておられないのだろうか。

「竹谷の松平備後守の姫君が生害されましたこと、お聞きおよびのことと存じまする。かの姫君の母上は、御前さまの母上の妹君ではありませぬか。つまり、おふたかたとも亡き治部どのの妹君、その一方の姫を生害召されたうえは、御前さま親子の御身にも危害がおよぶかもしれぬ。これは道理でござりまする。つきましては、岡崎にお越しいただきたく、それがしが遣わされた次第でござりまする」

「それがおかしいのです。竹谷の家は今川と手切れされたのですよ。それで証人を生害することとなった次第でしょう。当家が今川と手を切るなど、あり得ましょうか。与七郎、返答なさい」

予想できたはずの質問だった。数正は後悔したが、答えに窮した。

――殿さんは、なにも話してはおらんのか。

いかにも元康らしい。事が露顕することを怖れるあまり、自分の妻子にさえ織田との同盟のことを話していないのだ。重臣たちは重臣たちで、奥向きのことは元康が自分で処理するだろうと遠慮していたから、築山殿には何の情報も入れていない。

数正は周囲を見わたして、暗に人払いするように頼んだが、

「父にも聞いてもらいます。関口の家にも、瀬名の家にも大事なことではありませぬか。わが父に聞かせ

られぬ秘密などあってはなりません」

と拒絶されてしまった。

築山殿の父は元の名を瀬名氏広という。今川家の分家筋にあたる瀬名家の惣領であった氏貞の次男で、同門の関口氏縁の養子となって関口家の家督を相続していた。

――こうなれば致し方ない。今川氏真に聞かせる作り話をするまでだ。

と数正は腹をくくった。築山殿もだましてしまうしか手がない。

「当家が西郡に救援に駆けつけましたときには、すでに遅く、上ノ郷の城は陥ちておりました。それで、鵜殿のふたりのお子、三郎四郎どの、藤三郎どのは竹谷の家で質に取られておいでなのです。これを御前さまと幼君、三人と引き替えるは、当家を味方に引き入れんがための竹谷の画策。なんとか味方を増やしたいと、ただただその一心から出たものなのです。それゆえ当家も竹谷には、駿府から質を取り戻せば今川と手切れしよう、こたびの一戦でさえ事情によっては鵜殿攻めに加勢する用意があったのだと、かような応対をしております。誓って本心からではありませぬ。あくまでも竹谷をたぶらかし、鵜殿のおふたりを無事に取り戻さんがため、そのための計略であります。」

数正の話のあいだ築山殿は何か言いたそうに父親の顔を見つめていたが、思い直したのだろうか。数正にむかって、

「ですから、なにゆえ私は岡崎にまいらねばならないのですか。鵜殿のおふたかたを取り戻したあとは、なんとでもなりましょう。馬鹿正直に岡崎などへ行くことがありましょうか。行くとみせかけて、私たち親子三人、こっそりと駿府に引き返してくればよい。そうでしょう」

と反論した。どうしよう。これも道理である。数正は返事に詰まった。

「これ、伯耆どのが困っておられるぞ。面倒なことを申すものではない。さきほどのお話にもあったとおり、お屋形さまが叔母の子に手をかけたとなれば、婿どのも心配の種は尽きまい。お屋形さまの疑心とどまるところを知らず、三州の国人衆の離反も相次いでおる。いまはよくても向後のこともあろう。三州で岡崎のみが、ひとり今川の旗を立て続けることなどできまい。これからは難しくなるばかりだ」

と関口親永は、娘に話すような物言いだったが、もちろんこれは数正に聞かせたのである。

「せっかくのお話、ありがたいことじゃ。岡崎にまいることにしたらよかろう」

築山殿は、この父親の結論を聞くと、不意に立ちあがり奥に下がった。泣いているように数正には見えた。

今川氏真との交渉はすんなりとまとまった。

なぜなら、ものには潮時というものがあり、氏真にとっても渡りに舟だったのである。このまま人質を殺し続けたところで意味はない。見せしめにすることで陣営が引き締まるどころか、逆に無慈悲で暗愚な領主だとの評判がひろがって国衆の離反が止まらなくなる。それがわかっていながら処刑がやめられない。そんな状況だった。

自分の親類だけは目こぼしする、手加減すると指弾されることを怖れていたから、いずれ松平元康のふたりの幼子を手にかけなければいけなくなる。そんな状況に追い込まれることは明らかだった。乳飲み子の亀姫さえいなければ、すでに昨年四月の段階で築山殿を処刑していてもおかしくなかった。

それに、この取引には別の旨味もある。

関口と瀬名の家である。先代に使えていた小うるさい重臣たちを粛正するつもりだったから、これも渡りに舟というものだったのだ。

すでに氏真は、味方にあてた感状のなかで元康の逆心を再三にわたり明記してきたところであって、松平元康を信じている者など今川の家中には誰もいないほどだったから、自然と舅の関口親永を見る目も冷たくなり、あたかも死人を見るかのごとき有様で、もはや重臣としての影響力は完全に失われてしまっている。

そうしたところに今回の人質交換である。鵜殿の兄弟を生け捕りにしたのは松平だ、松平こそ疑わしいと指摘する重臣たちを関口親永ひとりに説得させたうえで、氏真は特段の配慮を示し、しぶしぶ許してやったほどだから、いずれ親永は腹を切らなければいけない。そのときは関口の家はもちろん、できれば瀬名の家も取りつぶすつもりだった。

岡崎へ元康の妻子を送り届ける道中、築山殿は数正に話しかけてきた。もとより古いつきあいだが、夫のいないところで言葉を交わすのははじめてだった。

「なにゆえ義をもって第一とするのです」

と築山殿は数正に尋ねた。

「三河者のことです。三河では義をもって第一としますね」

「さて、そうでしょうか」

「そうではありませぬか」

考えてみたが、築山殿がなんのことをいっているのか数正には見当がつかなかった。

「では、訊き方を変えましょう。私の父は、まんまとおまえの口車に乗せられた、謀られたとお思いか。与七郎、答えなさい」

「滅相もないことでござりまする。すべてご承知のうえでございましょう」

「そうです。私の父は義をもって第一とはいたしませなんだ。仁をもって第一としたのです。されど三河では、こうしたとき、さきに義を立てるのではありませんか」

ようやく話の筋がみえてきたが、数正には答えられなかった。

「父は関口の家を失うことになりましょう。おそらく自らの命さえも。今川に義を立てれば安泰だったのです。それなのに、わが娘と孫を愛し、仁を第一として私たちを岡崎に送り出したのです。それにひきかえ、あの夫は私たち親子を見捨てました」

「見捨てるなど、そのようなこと決してありませぬ。御前とお子さまがたの身を案じておられた、そうでなければ、どうして、このような手配りができましょうか」

築山殿の顔がゆがんだ。笑おうとして笑えないという顔だった。

「与七郎、こたびの人質換え、すべておまえの手配りではありませんか。わかっておるのですよ。あの夫は私たちのことなど眼中にないのです」

「それは違います。すべて殿のお指図から出た、このこと相違ありませぬ」

「では訊きましょう。それほど私たちのことを案じておられたのなら、なにゆえ織田との和睦、教えてくださらなかった」

これは難しい質問だった。慎重に言葉を選ばないといけない。数正が思案しているうちに、築山殿の言葉は続いた。

「仁をもって本と為し、義をもって之を治む。これが人の道でしょう。内に愛を得るは守る所以、外に威を得るは戦うためではありませんか。外威を頼んで愛を捨てるとは、いったいなんのためか。たれもいないからっぽの家を守ってなんとする」

「殿も苦しいのです。重い荷を背負って歩いておられるのです」

「そうでしょうね。あの夫には荷が重いのでしょう。孫子いわく、将とは智・信・仁・勇・厳なり。たしかに仁は入っておりますね。されど、孫子の仁は家来を思いやり慈しむこと。婦女子は思案の外なのでしょう。違いますか」

築山殿が孫子の兵法に通じているとは意外だった。

「おまえたちが私を女だと思うて、あんまり馬鹿にするものだから、私も学んだのですよ」

といって築山殿は笑った。

「だから、あの夫は、しょせん将の器なのです。王の器ではありませぬ。よって松平の家は天下に覇を唱えてはなりませぬ。もしも覇王となれば、天下の女がみな不幸になりましょう」

「滅相もない。そのようなこと、軽々しく仰せになっては」

「両家で天下を鎮めるというのが織田との約定だが、数正は天下など考えたこともなかった。

「黙って夫に従えと申すのでしょう。与七郎も三河の男ですものね」

と笑いながら、築山殿は意外なことを言った。

「三河で一向宗が流行る、そのわけを知っておいでか。与七郎」

　これは数正の答えを待たない。

「女人の身は男に罪はまさりて五障三従の罪深き身なれば、後生にはむなしく無間地獄に墜ちるというのです。それで法話も、それ十悪五逆の悪人も五障三従の女人も、と始まるのです」

　数正は黙って聞いている。

「女人は男子よりも欲多く、妬心強く、疑心深く、意志弱き者。ゆえに五種の果報を受けられぬ障碍あり。幼きときは親に従い、嫁しては夫に従い、夫死しては子に従う。ゆえに修行も難しく、過ぎし世の、今の世の、後の世の十方にまします、すべての諸仏に捨てられたる身。その罪深き女人を、かたじけなくもただひとり阿弥陀如来のみが救いたまう。一心一向に弥陀を頼みたてまつれ。信心決定すれば必ず真実報土の往生をとぐるものなり。そう教えているのですよ」

「御前は一向宗の門徒でありましたか」

「違います、与七郎。私は、おまえを怖れていません。私が門徒であれば、一向宗と申すことなく、浄土真宗あるいは略して真宗と申したことでしょう」

　もともと一向宗というのは、浄土教学を投げ捨てて踊り念仏を行ないながら諸国をまわっていた一向俊聖が興した宗派のことであったはずだが、同じ時期に同じような活動をしていた一遍の系統と混じりあい近世になって時宗ができあがっても、相変わらず他宗からは一向宗と呼ばれていた。

　これが取り締まる側となると、男女を問わず病気治療を行う素人の祈祷師はみな一向宗と心得るべきだとか、他国から来た巫女・祈祷師・山伏・占い師などは、一向衆のもととなるので宿を貸したり祈念させたりしてはならないなどと決めつけていた。領主からすれば、そもそも教義の違いなどは問題ではなかったのである。

また、同じく専修念仏を勧める浄土宗からも、浄土真宗の名を嫌って一向宗と呼ばれることがあった。

「相手によっては、真の一字をあて浄土宗より優れたる真宗と名乗るなどおこがましいと難詰する者もおるくらいですからね。門徒は人を怖れて、わが宗派を名乗りません。おまえを怖れていれば、何宗でもない、ただ念仏ばかりは尊きことと存じておる者ですと、そう答えるだけでしょう」

「さようなものでしょうか」

「そうなのですよ」

本当にそうだろうかと数正は疑問に思った。

人に言われて、それはまちがいだとわざわざ訂正するようなことでもない、他宗の者のまえでは自ら一向宗と名乗っても平気だ、それこそ人に話を合わせてしまえと思うのは、如才なくふるまって生きぬくための智恵だろうか。それとも信心が足りないからか。

築山殿は知らないようだが、石川の家こそ三河における真宗の門徒総代といわれている家なのである。数正の父の康正は、隠居して弟の家成に家老職を譲っているが、門徒として石川家を代表する地位はそのままにしているはずだ。そうでなければ、祖父の清兼が、いまも一族を代表しているはず……

わが家のことなのに知らない。

というのも、岡崎在住だった父と別れ長年にわたって駿府で元康のそばに仕えてきただけでなく、もともと父に反発するところが大きかったうえに、いまは今川と手切れしようという大事なときだから、顔を合わせることすらなくなっている。父といえども、もはや他人、あるいは敵である。そもそも主君元康の命によって父を隠居させたのは、数正の進言によるものであった。

石川家の菩提寺は小川の蓮泉寺(れんせんじ)だが、葬式でもなければ寺に行くこともなかった数正は、説法など聞いたことがない。

――はて、自分は何宗の信者だろう。

と、いまさらながら思うほどであった。

「それでね、与七郎、女の敵は女なのですよ。祖母(ばば)さまや母(かか)さまより、もって生まれたあさましき女の性質(さが)を繰り返し繰り返し戒(いまし)められて、三河の女は育つのです。だから坊さまから、諸仏に捨てられ後生は地獄に墜ちる五障三従の身と教えられ、弥陀にすがれば救われると聞いて涙しない女はいない」

築山殿の話は続いていた。

「京女は違いますよ。駿府も違います。おそらく、尾州も違うでしょう。それほど三州は田舎ということなのです」

――三河は田舎か。

と数正は思った。その田舎に築山殿はゆこうとしている。

「あの夫(ひと)は重い荷を背負って歩いていると、さきほどそう申しましたね、与七郎。されど私だとて、夫とともに荷を背負う覚悟をもって嫁してきているのですよ。お屋形さまはもちろん、瀬名や関口の家との架け橋になればと思うていたのですよ。女だからこそできることもあろうと思うていたのです」

過去形が気になった。いまは違うということか。

「こたびだって、おまえを斬って、お屋形さまに、その首、差し出すこともできたのですよ、与七郎。さすれば松平との手切れは天下の認めるところとなり、瀬名や関口の家もわれら親子も安泰。私は再嫁し、子らもどこぞの家を継がせることができたはずです。そうすればよかった」

「そうでございましょう。されど、そうは為されなかった」

当然、数正も考えていたことである。それこそ死を覚悟して駿府に入ったのだ。

「私でなくても、父に相談すればよかったのです。できることもありましたでしょう。違いますか。今川に刃（やいば）を向けるまえに、なんなりと話しあうこともできたでしょうに。違いますか」

――それは違う。うまく言えないが、そうした交渉事が考えられないくらい今川に圧倒されていた。気押されていた。それほど強大で刃向かえない相手だった。

「それを、なんのことわりもないまま、織田と同盟（よしみ）を結ばれた。女の私を相手にしてなにもものの申せぬ夫（ひと）が、織田信長を相手にもの申すことができるのですか」

「それは、お言葉が過ぎまする。御前には政事（まつりごと）のご心配までさせるわけにはいかんという殿さんのご配慮でございましょう」

「ご配慮ですか。ありがたいことですねえ。されど祖母（ばば）さまは、夫を亡くして出家したのち、すこしのあいだ今川の家を取りしきっておられました。与七郎、私もそれなりに精進してまいったのですよ。それだけの力はあるのです。よく憶えておいてくだされよ」

というと築山殿は話を打ち切った。最後は努めて軽く、明るい口調であったが、数正には重すぎる話だった。

今川義元の実母である瑞光院寿桂は、まだ一四歳だった嫡男の氏輝を補佐して政務を取りしきっていたことがある。つまり、今川はそういう家だった。

——しかし、松平は違う。女に口を挟ませるようなことは絶対にしない家だ。

と数正は思った。そして、ひょっとすると自分はこの女性をもっと不幸にしたのではなかったかと、そうも考えていた。

3――ねね

一

藤吉郎の手は間断なく、ねねの尻のあたりを動いていた。

晴れの祝言の場でも、この男は緊張するということがないらしい。たいへんな饒舌で、あれやこれやとしゃべっている一方、手も休めていなかった。はじめのうちこそ、ねねも藤吉郎の手を払いのけようとはしていたのだが、もはやあきらめている。

「じつはのう、あまりおおっぴらに申しては、はばかりがあろうというもんだわ」

と、誰彼となく近くにきた相手を、もっと耳元に呼び寄せては、

「じつは、この晴れ着、お屋形さまより賜ったもんだわ」

と小声でささやくように打ち明けるというと、例外なく相手は驚き、じろじろとねねの晴れ着を観察した。

で、そのとき間髪を入れず、

「とはいうても、こりゃ左義長の幟だでな。どんど焼きで燃やすところを、取り置いていただき、それで拵えたもんだわ。ほれ、ここのとこ、竿を通すため輪っかでな、乳というたか、それを付けたときの穴、まだ残っておろう」

というと、とたんにほっとした表情を浮かべては、

「さすがは、お屋形さまの幟だわ。よい布を使うておる。子細を聞かねば、とんとわからんで」

と感心したり、

「おみゃあ様も、なかなか、うまいことをやったのう」

とかうらやましがったりする。という、ただそれだけの趣向なのだが、さきほどから何回となく、藤吉郎は繰り返していた。

もちろん嘘ではない。ただし、嘘ではないかわりに、すこしだけ解説が要るところだった。

なにしろ婚礼は永禄四年(一五六一年)八月三日のことである。正月の飾り物が残っているわけがなかった。

燃え残りの左義長の幟を猿にやるようにと言われて、濃姫は当然、そんなものをどうするつもりか訊いてみたのだが、婚礼の晴れ着に仕立て直すと聞いてびっくりした。

——それでは、あまりにも、おねねが可哀想。

と思ったので、適当な古着を選び出し、わざわざ幟に直したうえで、藤吉郎に下げ渡したというわけだった。

それも、数日のあいだ実際に幟として使用し天日にさらすという念の入れようだったが、それというのも主君から婚礼衣装のために布地を賜るなど、藤吉郎には身分不相応のことだったからである。

それが、左義長の幟という方便でもって信長の興味をさそい、同輩の妬心を買うことなく下賜せしめたのであるから、

——なんて上手なおねだりの仕方かしら。

と濃姫も感心するほどだった。

もっとも、藤吉郎にとっての大事は、信長が特別に目をかけてやっているほどの逸材、有望株であると自分をアピールすることにある。なにしろ、花婿の将来性を添えるしかないという質素な婚礼であり、世間さまが大事にしている「家と家との結びつき」など、この新郎新婦には無縁のものであった。


ねねの養父である浅野又右衛門尉長勝（ながかつ）は浅野城主（稲沢市六角堂東町）とはいえ、城とは名ばかりで浅野屋敷のほうが世間にはとおりがよく、知行五百石というのも兄の五郎左衛門をふくめた一族のものであって、織田家の弓衆頭という役職も小隊長クラスにすぎない。

それでも、妻ふくの姉であるこひの二女と三女、ねねとややの姉妹を養女にしていたのだから、妻の縁戚をふくめたなかで比べれば、浅野又右衛門は相当の大身であったことに違いないのである。

だから、ねねの母のこひも、入婿である夫の杉原助左衛門定利（さだとし）と相談し、浅野家に娘を預けたからには、杉原の家から嫁に出すよりも有利になることを期待していたのであるから、格式の高い、それなりの武士との縁組みを望んでいた。

ところが、ねねの相手が藤吉郎である。

たとえば、出仕無用の沙汰を受けて浪人中の前田犬千代が『太閤記』には恋敵の役で登場するのだが、その犬千代のように「筋目といい器量といい、婿として過分とはいえども不足なし」とはいかなかったのは当然で、このへんは『太閤記』の作者の睨んだとおりであったろう。

一四歳のねねより九つも上。小者の身分から成り上がり、ようやく薪炭奉行という最下級の士分になったばかりの軽輩である。

そのうえ、木下の姓を名乗るあたりからして出自があやしい。実父は木下弥右衛門という鉄砲足軽だったというが、中中村（なか）に木下姓を名乗る家はなさそうだし、弥右衛門が亡くなったという天文一二年は種子島に鉄砲が伝来したかどうかの頃で、織田家に鉄砲足軽などは存在しない。そもそも、実父の跡目を継がずに、小者として城に仕え始めたというのも奇妙である。

だから、

――ただの百姓のせがれだろう。

とねねの実母のこひ（いい）が思ったのも無理はなかった。

――それも、できている。

と、こひ（いい）は確信していた。

これは『太閤記』のように「まったく密通の義はなく、ただ言い寄りしまで」だったはずがない。

江戸時代のように「主君の御免なくして内々に男女交会せば、不義密通の罪、逃れ難し」というほど厳格ではなかったにせよ、まっとうな武士であれば、しかるべき仲人を立て親の了解を得てから交際すべきものであろう。

これも、まるで百姓のせがれのやり方。育ちがわかるというものだ。

こうなると、そもそも藤吉郎との結婚にねねの実母は反対であった、結婚した後も婿と姑とのあいだに確執があったという説が出てくるのも当然である。

しかし、藤吉郎のほうにも言い分はあった。

——わしを、じかに見て、それでも好いてくれる女子でなければだめだ。

と思い込んでいた。

というのも、最初の結婚に失敗していたからである。

遠州浜松の頭陀寺城主、松下源太左衛門尉長則の小者として仕えていたとき、長則の家来の娘と結婚したのだが、「容顔優れたれども智浅くして、夫の形醜きを嫌い離別せんと思えども、主命にて嫁せしは出去るも為しがたく」という有様であったという。

それで、とうとう藤吉郎には馴染まないまま、藤吉郎が松下の家を出る際に、ようやく離婚が成立していた。

ふつうは主君が引き合わせれば、たとえ見たこともない相手であろうと一生添い遂げて何の不足もないという夫婦があたりまえであったのだから、藤吉郎はよほど運が悪かったか、よほど容姿に恵まれていなかったということになろう。

それで、織田家に仕官する際に身元保証人となってくれた浅野又右衛門の屋敷にたびたび通っては、娘たちと親しくなろうと努力した。

藤吉郎は、城で何かあれば必ず、すぐに又右衛門に報告した。そのほか、なんであれ、ちょっとしたことでも理由を付けては、浅野城まで通ってくる。

ねねとはじめて会ったのは二年前、ねねが一二歳のときである。これは数え年だから、満一一歳の子どもであったが、そろそろ適齢期になろうという年齢であった。しかし、藤吉郎は九つも上だ。それで、又右衛門夫妻も油断していた。

藤吉郎は、又右衛門の屋敷にくるたびに、奥方や娘ひとりひとりにあてて、柿だの栗だのといった食べ物から切り花、押し花だのといった小さな土産を、毎回のように持ってくる。それだけでなく、しきりと小話をしては、ねねを笑わせていた。しかも呼びかけるのに、決まって「おねね殿」といっていた。

それで、ねねも藤吉郎の「形醜き」に慣れてしまい、ついには好きになっていたということなのだろう。

ただし、ふたりの結婚が許されたのは、浅野又右衛門が藤吉郎の将来性を買ったからにほかならない。浅野又右衛門は、津島あたりの人で半農半商といった生業だったというから、おそらく出身地と思われる中島郡六角堂村に戻ったのは、早世した兄の跡を継ぐためである。

事理に明るく算用の才があったので、城務めでは台所方や兵糧方の仕事が長く、弓衆の頭になれたのは万事人使いにそつがないからであった。武芸に秀でた者が必ずしも良い大将にはなれないということがわかっていた。それで、藤吉郎の将来性を見抜くことができたのである。

織田の家中では、藤吉郎に限らず出自不明の者が少なくなかったし、その一方、名門の出であろうと役に立たない者もいる。たとえ木下の姓が系図買いしたものであろうと関係ないのだ。

「男振りこそ小兵にて見所なけれども、才智発明にて物ごと相談するに良し。生涯の縁(よすが)と頼みても不足なし」

と評して、浅野又右衛門は藤吉郎との結婚を許したという。

「おねね殿こそ、天下の果報者だぎゃ」

と叫んだのは藤吉郎本人であった。

「そりゃのう、御寮人が申すことだがや」

「そうだがや」

「おみゃあ自ら申すやつがどこにおる。どっこにも、おりゃせんで」

「どにゃあしたら、そんなこと。どえりゃあことぶっこいて、たまげたわ」

とまわりの者から笑われても、藤吉郎は平気だ。

「おみゃあらがいわんでだわ。おらが申さにゃあ、いったいぜんたい、たれが申す」

酒に弱いのに飲みすぎである。

簀掻藁(すがきわら)の上に薄縁(うすべり)を敷いたというから、すだれ、すのこの材料となるワラを土間に敷き詰めてクッションにして、その上に縁を取ったござを敷いたことになるが、板敷きの間では収まらないほどの人数が来たのであろう。

浅野城から南約二キロの清須城下、浅野又右衛門の長屋で行われた婚礼の儀も、すでに終わり、藤吉郎の同僚部下たちとの酒宴がえんえんと続いていた。

この又右衛門配下の弓衆の官舎が、藤吉郎とねねの新居になるのだ。

べつに仲人がいたわけでもなかったし、浅野の家に婿に入ったわけでもなかった。藤吉郎は、自らの力で新しい家を興そうと決意していた。さびしい婚礼だと言えなくもなかった。新郎藤吉郎側の親類縁者は誰も来ていなかったし、新婦のねねのほうも杉原の家からは兄の孫兵衛が来ただけだった。

しかし、ねねはさびしいとは思わなかった。長屋のおかみさんたちが来ている。今日からは、彼女たちが仲間になるのだ。

二

「いまや、お屋形さまの名は、天下にとどろいておる。知らぬ者なし。近江の浅井などは勝手に一字を頂戴し、長政(ながまさ)と名を改めおったがや」

と藤吉郎は、どこで聞いてきたのか、いいかげんなことを言いだした。

「浅井の嫁は六角の家来からもらったもんじゃにゃあか。もらっておいて年も明けぬうちに離縁しちまったのは、たしか一昨年(おととし)だがや。名乗りも、そのときに替えたんじゃにゃあか。六角義賢(よしかた)と手切れしたから、元服してもらったちゅう賢政(かたまさ)の賢(かた)の一字を捨てて長政に替えた。そりゃあ桶狭間の一戦の前じゃにゃあか」

「長政と名乗ったのは、今年のことだがや。わしはそう聞いたがや」

「そりゃ、ほんまきゃあ」

「違っとるかのう。ならば、そうじゃ、上洛の年であったがや。その年、お屋形さまは二月に京に上られ、そりゃどえりゃあ評判になっとったわ。それで、お屋形さまにあやかりとうて勝手に一字もろうたんだわ」

「そうかのう。おまえさまは、なにがなんでも、そう思いたいだけじゃにゃあのか」

「そこが思案のしどころってもんだわ。浅井は近江の北、六角は南。それぞれ半国の主であったがや。それが、親父どのの代になって戦に負け、六角に降り、身重の母御を質に取られてしもうて、ほいで長政も六角の観音寺の城下で生まれたというんだがや。ほいでもって、六角に家来の嫁を押しつけられ、賢の字を付けられてしもうたんよ。似とると思えせんか」

「たれに似とるんだ」

「三河の松平だわ」

「なるほどのう」

「ただし、似ておるのは、そこまで。ここからが違うんだがや。お屋形さまが今川義元を討ち取ったちゅうのに、松平元康はぐずぐずしておったがや。いまだに名乗りも替えず、元の一字も捨ててにゃあ。ところが、浅井は元服したとたん親父を竹生島に閉じ込め、嫁を追い出し、六角と手切れにおよんだがや。去年は、野良田（のらだ）で戦って、ついに六角を破ったじゃにゃあか」

「なるほど、松平とはたいそうな違いだのん」

「されど、そりゃ重臣（おとな）のかたがたの差じゃにゃあのか」

「かもしれん。されど主君（あるじ）、たかが重臣よ。その浅井の覇気、気概のほどこそ、お屋形さまの好みじゃにゃあか。浅井だとて、もとは近江の北、半国の主であった京極の家来だった家だがや。当家と同じだわ。そこから這い上がって尾張一国を手にしたのが、われらがお屋形さま。そういう次第じゃからのん、浅井からみたら、お屋形さまはまぶしすぎて、目がくらむほどじゃにゃあか。ほいでもって勝手に一字を頂戴したというわけだのん」

「うまいこと申すものだがや。感心したで。されどのう、とうてい信じられんわ」

みながどっと笑った。

「だがよう、たとえ嘘でも、噂話ちゅうのは、世間さまがそうみておるっちゅうことじゃからのう。見栄だの意地だのが邪魔して申したくても申せぬところを代弁しよる、そうしたもんだがや。ありがたいもんだわ。浅井は世間さまに感謝したらええわ」

「なんで」

「それはな、もすこしさきを話してから教えてつかわす」

という藤吉郎は嬉しそうだった。こういう日でもないと聞いてくれる人がいないらしい。

「浅井を倒すため、六角は美濃衆と手を結びおった。それで浅井は、守るだけじゃあかんと思ったんだわ。美濃まで攻め込んだのは、そういうことだがや」

三月上旬、浅井備前守長政は数千の兵を率いて小谷城を進発し、美濃赤坂に布陣した。

赤坂の東には揖斐川があったが、平野井川との合流点から上流には、現在の根尾(ねお)川、犀川、五六(ごろく)川、長護寺(ちょうごじ)川、宝江(ほうえ)川といった川が編目のようにつながって流れていた。なにしろ堤防のない時代であるから、それぞれに決まった名があって世間に通用していたとは思えない。

ちなみに、このあたりでは根尾川の旧称を藪川といったが、この物語から約三〇年ほど前の享禄三年の大洪水によって糸貫川から本流の地位を奪ったばかりの川であった。犀川などは、この洪水で生まれたのである。五六川に至っては、中山道が整備され美江寺宿（瑞穂市美江寺）が設置されてから、日本橋を数に入れて五六番目の宿場ということで付いた名称であった。

だから、『浅井三代記』などにある美江寺川というのも、赤坂と美江寺のあいだにあった呂久川（揖斐川）その他の大小河川の総称であったろう。

その美江寺川を、浅井方の先鋒、磯野丹波守員昌の率いる三百だけが渡って美江寺に布陣すると、美濃勢との戦が始まった。

緒戦は浅井方が防戦一方。打って出てこないのをみて美濃勢一千が押し寄せると、浅井方の後続が加勢に入って、たちまちのうちに七〇人あまりが討ち取られてしまった。美濃勢は敗走し、河渡川（長良川）を渡るまでに、さらに一八〇人ほど討ち取られてしまう。

浅井方は河渡川に達すると、勝ちどきを上げて、そのまま滞陣。

その後、数日にわたって両軍は川を挟んで小競り合いを繰り返していたが、二三日未明になって近江佐和山城を六角勢が襲ったとの急報を受けて、長政は撤退を始める。

撤退戦になって美濃勢は六〇人あまりが討ち取られたが、浅井方も、ふだんは戦目付として参陣している四八歳の赤尾美作守清綱が殿軍を務めて九〇人あまりが討死している。

「という次第で、急いで江州に戻ったものの佐和山の城は陥ちたあとだわ。城番をしておった百々内蔵助（盛実）という剛の者も失くしてしもうたがや。すぐに城は取り戻したからよいとはいうものの、とどのつまり美濃攻めは高うついたわ」

　というと、藤吉郎は、ここで一息ついた。

「そこで、お屋形さまは、良いことを思いつかれた。敵の敵は味方にすべし。浅井もいっしょで、本当は喉から手が出るほど加勢がほしいはずじゃにゃあか。われらとて、なかなか勝てん美濃衆、それが浅井と組めば、東と西で挟み撃ちだわ。そいでもって、斎藤の代替わりの隙を突いての、さきの美濃入りだわ」

「なんで」

「そこが、お屋形さまの思し召しの深いところだがや。浅井と同盟を結び美濃入りするまえに、せんだって浅井が戦うたところと同じ美江寺のあたりで戦してみりゃあ、浅井の力がどれほどのもんかわかるというもんだがや」

「なるほどのう。そうきゃあ」

「それでな、さきの話につながるんだわ。さきの噂話、お屋形さまの耳に入れれば、当家から浅井に縁組みを申し入れよ、とこうなるわけだがや。姫さまを出すほうから口入れがあったとなれば、浅井も願ったり叶ったりじゃにゃあか。すでに浅井の力も確かめたからには、姫さまのお輿入れも近いと、わしは睨んでおる」

「お市さまきゃあ」

「浅井どのには、ご内室もなく、子もおられぬと聞く。お市さまは、近国無双の美人との誉れも高く、天下に隠れなき生まれつき。浅井どのは天下の果報者だわ。おねね殿といっしょじゃにゃあか」

と、ここで、藤吉郎の話はもとに戻った。

不埒（ふらち）なことに自分のことは果報者だとは言わないのだから、ねねは藤吉郎のことを怒って当然だったのだが、これはまだ酒の席のことである。ねねも、いっしょになって笑っていた。

そのあとも酒盛りはすこし続いていたが、あるときを境にして客がいっせいに帰ってしまったらしく、気がつくと、ふたりだけになっていた。

新郎は大の字になって寝てしまっている。

——いたずらしてやろうかしら。

ねねは、灯りを消すと、音を立てないように藤吉郎にそっと近づいていった。

手の届くところにねねが来るまで、じっと待っていた藤吉郎であったが、やがてこらえきれなくなったのだろう。気がついたときには、新婦を押し倒していた。

三

——自分と一つしか違わないのに。

ねねは、びっくりしていた。隣りの長屋の奥さんは、すでに数え年三歳の女の子がいて、しかも二人目がお腹のなかにいるなんて。

「どうしたもんだか、二人目のほうがつゝわりがきつくて」

「そりゃあ、あなた、気苦労が違うせいよ」

「でも、おかげさまで、このごろ食がすすむようになったの」

「そういうもんなのよねえ。いくら食べてもおなかすくでしょう」

ねねは、近所の奥さん連中の会話を黙って聞いているばかりだ。

この第二子は男の子で、父親と同じく幼名を犬千代と名付けられることになるのだが、出産日から逆算すると、このとき妊娠一七週目になる。お腹も、だいぶ目立っていたはずだ。

「なんでも返り新参なんですって。さきの森辺の戦で戦功を立てて、ご赦免になったとか」

「そんなことまで白状したのきゃあ」

「みんな知ってることらしいのよ。黙ってても同じことだわ」

「そうきゃあ。森辺の戦というと、祝言の晩に話したあれだわ。たしか五月の一三日だがや」

藤吉郎は、自分が参加したわけでもないのに、戦のこととなると憶えているらしい。


その日、信長は木曽川、飛騨川（長良川）を渡ると、西美濃は勝村（海津市平田町勝賀）に布陣した。斎藤義龍が三五歳で急死してから、わずか二日しかたっていない。

翌一四日は雨であったが、一四歳で斎藤家の家督を継いだ龍興は、長井甲斐守、日比野下野守清実に命じて、長良川と犀川の合流点の墨俣から南へ約四キロ、森辺（安八郡安八町森部）まで軍勢を進めた。

それをみた信長は「天の与うるところ」と言ったという。

敵の前線と後続のあいだが空きすぎていたのを拙速な進軍とみたか、雨のため増水した川を渡河不能と思い込んで敵は油断しているとみたか、そのいずれか、あるいは両方であろう。

信長は急遽、全軍を北に向け、楡俣（安八郡輪之内町楡俣）で大榑川を渡河すると、敵が攻撃態勢を整えるまえを狙って、いっせいに攻撃を開始した。槍を打ち合っての数時間にわたる戦闘は信長方の大勝で、美濃勢は長井、日比野の両大将のほか一七〇あまりが討死した。

長井甲斐守は服部平左衛門、日比野下野守は恒河久蔵、神戸将監は河村久五郎が、それぞれ討ち取った。服部、恒河、河村の三人は、いずれも津島の武士であった。

森辺の戦に大勝した信長は、余勢を駆って村々を焼き払い、北へ進んで墨俣を奪うと、ここを要塞化して滞陣した。

信長は、墨俣から北西に約四キロ犀川を遡ったところにあった十九条城の跡地に砦を築き、黒田城主の織田勘解由左衛門広良を入れた。広良は、犬山城主の織田信清の弟で、信長の従兄弟にあたる。

斎藤龍興は、稲葉山城から新たに牧村牛介を先鋒とする軍勢を出して、墨俣の北北東約八キロの軽海（本巣市軽海）に布陣。

二三日には、十四条（本巣市十四条）で戦闘が始まった。

緒戦は野々村三十郎に織田広良が討たれるなど、信長方が劣勢となって撤退。勢いに乗った敵は、十九条まで進出して砦を焼いた
信長は駆け回って状況をみてとると、軍勢を転進させ、北へ進んで犀川の西岸、西軽海村の古宮の前に配置し、犀川を挟んで東に布陣している敵の本陣とむかいあった。

そして、攻め寄せてきた美濃勢の先鋒を追い散らすと、池田恒興と佐々成政の両人でもって二番手の大

将、稲葉又右衛門を討ち取った。

足軽合戦が続いて夜戦となり、負けて逃げ去る者もあれば、突き立てかかる者もあったという混戦であったが、敵は夜のうちに撤退した。

信長は夜が明けるまで在陣していたが、朝のうちに墨俣へ戻り、その後、墨俣の砦を引き払った。

この森辺の戦で、前田又左衛門利家は首を二つ取った。そのうち一つは日比野下野守の与力の足立六兵衛。首取り足立の異名をもつ美濃では知らぬ者なしという荒武者であったが、日比野下野守と同じところで又左衛門が討ち取ったという。


「わしは前田又左衛門利家。これはまつ、こっちは幸（こう）。よろしく頼む」

——こっちから行かなきゃいけなかったのに。

隣家からさきに、・家全員そろって挨拶に来られてしまい、ねねはあわてて藤吉郎を起こしにかかったばかりだった。

「わしは木下藤吉郎……日吉（ひよし）」

なんと名乗ったのか、又左衛門には諱（いみな）が聞き取れなかった。

「ひ……よし？」

「日に吉（よし）で、日吉と申す」

「ひで、よしか」

——稗（ひえ）で良しとは、本当に百姓の育ちだな。

い言葉だと聞いていた。と又左衛門は思った。ヒエで良しならコメ要らずというので百姓にとっては倹約家をあらわす縁起の良い言葉だと聞いていた。

「そうだ。こっちは、おねね殿だ」

「おねね殿か。こちらこそ、よろしく」

と又左衛門は豪快に笑った。

「わしは、先年、ちょっとした失敗(しくじり)があってな。暇を出されておった身だ。この五月になって、ようやく、ご赦免が出たばかりだ」

「わしか。わしは、ごらんのとおり中村の百姓の出だ。お屋形さまの草履取りのようなことをしておった。寒い雪の日などは、この草履をな、こうして懐に入れては、暖めてからお出しする。さすれば、お屋形さまも機嫌よく、よくよく気が利く者よなあ、いやあ、人ではなくて猿であったのか、よく気が利く猿だ、かわいいやつじゃ、どれどれ、わしも猿を引き連れ、連れ回し、ひとつ使うてやろうかなという次第でな、このほど、めでたく薪炭奉行のお役目を頂戴することになったのじゃ」

まつが笑ったのをみると、藤吉郎も嬉しくなる。おもしろい話をして人を喜ばせるのが大好きだった。

――ホラ吹きだな。しかし、おもしろいやつだ。

と又左衛門は思った。

信長のことなら、この又左衛門、肌身で接して親しく知っている。人肌で暖めた草履など出そうものなら、気持ちが悪いと叱られて蹴飛ばされるに違いない。

他方、薪炭の始末が上手な倹約家が小者から成り上がったという話は、又左衛門も知っていた。こせこせとした真実を話すより、いかにも大物ぶった、おおらかな話にしておきたいのだろう。

「それはよかったなあ」

「まだまだ、これからよ。いずれはここを出て城持ちの大身となるつもりだ」

「おう、それはよい。望みは大きいほど叶うというからな」

と気軽に応じた又左衛門であったが、かつて自分は城持ちだったとは言わなかった。

——帰参を許す。

と信長の下知があったとき、続けて、

——ただし、これは新参と同じぞ。新参者には新参者の住処があろうというものだ。

と申し渡されていたから、

——さては、禄も五〇貫か。

とあきらめていた。一四歳で出仕し、はじめてもらった年俸が五〇貫だった。

ところが、信長は四五〇貫もくれた。暇を出されたときが一五〇貫だったから、三〇〇貫も加増してくれたことになる。

——二年分を返してくれたのだ。

そう思った。これまでの陣を借りての戦功をすべて加算したという理屈ではあったが、浪人していた永禄二年六月から四年五月までの二年分に相当する年俸を足してくれたに違いない。しかも、これは一年かぎりではないのだ。これからも続く。

——この御恩、報謝しなければ。

と思うから、二度と失敗（しくじり）はしたくない。ただそれだけである。いちど手にして失った荒子城のことなど、とうてい考えていなかった。

「それもいいけど、まずは、子どもよね」

とまつがいうと、ねねは小さくうなずいた。

妻の年齢の差が一つなら、夫も同じく一歳の差であったが、これは藤吉郎のほうが一つ上だった。

——同じくらいの年齢の夫婦で住処が隣りなのだから、似たような境遇だ。

ねねは、そう思った。

しかし、藤吉郎がはじめて一〇〇貫の知行を得たのは永禄七年のことで、一〇〇貫の加増を知行地として頂戴する前の禄を足しても、年俸は二〇〇貫を越えなかったろう。

つまり、当時の武家においては、戦場に出ない事務屋の評価は、それほど低かったのである。

それと、又左衛門の四五〇貫には、当然のこととして自分の手下となる足軽雑兵を雇う費用がふくまれている。郎党を持たない単騎の返り新参とはいえ、すでに将の身分だった。

もらった禄で自分の部隊をどのようにつくるか、それが腕の見せどころでもあったから、この時代、高禄を食んでいても贅沢をする者はいなかった。重臣が贅沢をするようになって格差が生まれたのは、江戸時代になって泰平の世が続き、もはや足軽雑兵を雇う必要がなくなってからのことになる。

ともあれ、藤吉郎が城持ちの身分になるためには、なんとしてでも戦場に出なければならなかった。

又左衛門の一家が帰ったあと、

「名乗りを探さないといかんねえ。どこかのお坊さまに付けてもらいましょう」

　と、ねねが提案した。

「そうだにゃあ。いろいろと思案してはおったけんど、決めきれんでなあ。困っとったんだわ」

　さきほど名乗った日吉というのは、とっさの思いつきだった。又左衛門が、まさか諱まで名乗るとは思ってもいなかったのである。

「ひでよしでいいじゃありませんか」

「木下藤吉郎ひでよし、悪くにゃあ。では、これで漢字（まな）をあててもらおうか」

　と、藤吉郎は決断した。

4——小牧山

一

「勝てないときは、負けない算段を講じるものだ」

と居ならぶ家臣をまえにして、織田十郎左衛門信清（のぶきよ）は話を切り出した。

犬山城主である。父の与次郎信康（のぶやす）が天文一三年（一五四四年）に斎藤道三との戦で討死（うちじに）したとき家督を継いだのだが、このたびは弟の広良を道三の孫との戦で亡くしたことになる。

かくも美濃との戦は犠牲が大きかった。

しかし、それでも、何度となく戦は繰り返されていたのである。

その理由となると、そのときどきの事情に応じてさまざまあったことはまちがいないのだが、いつも同じ問題をめぐる争いであったといえなくもない。

つまり、相争う両国のうち、尾張にとって最大の関心事は、川筋の支配を独占することにあった。

国と国との境界を川でもって定める「境川」というのは、小さな川のほうが都合がよいのである。木曽川や長良川などという大きな川になると、船運が発達して物流のうえの大動脈となる。川そのものに価値が生まれるから、その支配を独占しないといけない。

たとえば、宿場町というのは例外なく街道の両側をもってひとつの町とする「両側町」である。行き交う旅人が左の店に入るか右の店に入るかで町が違い、町が違えば税制も変わるというのでは不便きわまりない。

木曽川や長良川も、両岸にある湊が美濃か尾張かで、渡銭とか津料が異なり、その津料も、船に積まれた米一石にたいして一升を取る升米、舟一艘ごとに徴収する艘別銭など課税方法が異なるというのでは大きな不便があった。

もちろん幕府がきちんと機能していれば問題は生じないはずであったが、このころはそうはいかない。だから、独力でもって川筋を統一的に支配する必要があった。

もっとも、これは信長が生まれた弾正忠の家の役目であったろう。ほかの家は、それほどの使命感をもっていなかった。

「あの伊勢守の家だって美濃とは同盟を結んでいたときもあったのだ」

信清は、信長の父信秀の弟の子だから、信長の従兄弟にあたるが、尾張上四郡を差配していた守護代、岩倉城主の織田伊勢守信安に属していたことがある。

その信安が美濃の斎藤義龍と示し合わせて信長に敵対するようになり、嫡男の信賢を廃嫡しようとして逆に信賢に追放されるという家督争いを起こしたあげく、二年前の永禄二年(一五五九年)、信長の攻撃によって岩倉城は陥落し、伊勢守家は滅んだのだった。

「美濃は代替わりした。先代とは違う応接が待っていたやもしれず、和を申し入れる好機であったかもしれぬ。それを、こちらから攻め込んだ。短慮であったかもしれん。されど、まだ手遅れというほどではなかろう。これから申し入れてもよいのだ。もちろん美濃と同盟を結ぶというのは容易なことではない。内訌を引き起こし当家を滅ぼしかねないほどの大事である。よって、とりあえず、いまのところはだな、みなの存念を確かめておきたいのだ。遠慮は要らん。思うがままに申してみよ」

「そのように仰せになられましても、なかなかのことゆえ、判断いたしかねまする。それと上総介どのです。はたして、美濃との和睦、ご承諾なさいますでしょうか」

と言ったのは、亡くなった広良に替わって黒田城主となった家老の和田定利である。

信清は、伯父の信秀が健在であったときに、その娘を娶っていた。これは信長の姉だから、信長とは従兄弟であるだけでなく、義兄弟の間柄になる。

「案ずるな。わしと三郎の仲じゃ。そこは、うまくやる」

だから、信長とは対等の関係だと信清が思っていても、なんの不思議もないのだが、信長は尾張下四郡に次いで上四郡の守護代家を滅ぼし、守護の斯波義銀を国外追放している。もはや尾張の国守に相当する存在だといっても過言ではない。信長の姉を妻にしたときとは体制がまるで違っている。

しかし、そこのところが、信清にはわかっていなかった。

「上総介どののことはともかく、こうした場での評定、御妥当とは思いませぬ。和睦をよしと申す者あらば、その者、敵の調略の的になりかねませんぞ。ここは用心あってしかるべきと心得まする」

と注意をうながしたのは小口城主を務める家老の中嶋豊後守であった。

「そうか。それも一理あるな。よし、わしが、内密に、おまえたちひとりひとりに訊いてみるとしよう。それで、よいな」

家臣たちは思わず顔を見合わせた。これはこれで、迷惑な話だった。

二

「織田十郎左衛門どのは、もはやお屋形さまの御敵(おんてき)。かくなるうえは、いさぎよく、ただちに立ち去れい。さもなくば、その首もらいうける」

と、いきなり大音声を上げたのは、坂井右近将監政尚(まさひさ)である。信長の使者を名乗り、わずか数人の供廻りだけを伴い、楽田城に入ってきたところだ。

「この坂井右近将監が、お城の受け取りにまいった。十郎左衛門どのの御家中のかたがた、ただちに立ち去れい。さもなくば、その首もらいうける」

大声で城内を歩き回っているが、この坂井右近、信長にとっては、まったくの新参者だった。もともとは美濃の斎藤氏に仕えていたという記録が残っている。

「織田十郎左衛門どのは、もはやお屋形さまの御敵……」

「待たれい」

と、ここで呼び止めた者がひとり出た。

「いつ、殿が上総介どのの敵になったというのだ。上総介どのといえば、ご内室の弟御、いわば義兄弟の間柄ではないか。敵になったことなどあったろうか。ありゃせんのだ」

これを待っていた。

「この楽田の城は、十郎左衛門どのの城にあらず。桶狭間の合戦のおり、いったんお預けしておっただけのことだ。合戦が終わり次第、返すのがまこと正しき筋目というもの。それを一年、のうのうと居すわるとは許しがたい。これを敵と呼ばず、なんと呼ぶ。返答によっては、その首もらいうけるぞ」

相手がなにか反論しようと考えているすきに、坂井右近は歩き出していた。城内をくまなく検分してまわるようだ。

「織田十郎左衛門どのは、もはやお屋形さまの御敵（おんてき）。かくなるうえは、十郎左衛門どのの御家中のかたがた、いさぎよく、ただちに立ち去れい。残りたければ、主君（あるじ）替えをお薦めしようぞ。悪いことは言わぬ。主君替えをなされよ。さもなくば一戦におよぶべし。向後は、おてまえがたの出方次第。下手をすれば戦は避けられんぞ」

すこし内容が変化している。

「しばし、そのまま。ここで、そのまま上総介どのにお仕えすることもできるのか」

――掛かった。

「おう、そのように伺っておる。大方の者は、秩禄（ちつろく）、お役目ともにそのまま安堵してくれようぞ。お屋形さまは、情け深い御方じゃ。されど、手向かいいたそうものなら、容赦せんぞ。この機を逃すな。主君替えをなされよ。悪いことは言わぬ」

これで浮き足だってくれれば、この城、陥ちたも同然であろう。

「明日、清須一の重臣、林佐渡守さまが入城しよう。その際、新参のみなさまの処遇、子細申し渡す。御敵になりたい者は、今日のうちに荷物をまとめて出てゆかれよ。ただし、お城に備え置く弓や鉄砲、これは置いていけ。勝手に持ち出そうとする者があれば、斬り捨てろ。いまこのときから、お屋形さまに忠義のほどをみせるのだ。本日ただいまからの返り忠、上等じゃ。とくと拝見しようぞ」

人というものは、現状維持を好むものである。こうして、ほとんどの者が城に残り、信長の家来となってしまった。そして、坂井右近は、そのまま楽田城の城主におさまった。

「三郎のやつ、気短なことをしでかしおって。楽田を返してほしいなら、返せと申しおくってくれれば、すなおに渡したものを。これまでなんら催促もせずして、いきなり受け取りに来るとは。このわしにたいして、あまりにも礼を欠いた所行じゃ。言語道断じゃ」

信清は激怒したが、それこそ後の祭りであった。情けないのは、この大事を犬山城に知らせる者もいないまま、気がついたときには楽田を取られてしまっていたことである。

軟禁状態になっていた城代ほか幹部の数人と、新参を拒否された仕事のできない役立たずの怠け者数十人が、まとめて犬山城に帰ってきて、はじめて事の次第を知ったというわけだった。

——殿の求心力が低下している。落ち目にはなりたくないものよ。

と思った家老は少なくないが、だからといって主君に注意できるものでもない。

他方、信長のほうは、攻勢を強めていく。

楽田と違って、ほかの城はもともと信長の城であったというものでもないのだが、同じことをほかの城でもやってやろうと思ったのは、欲が出たからだといってもいいだろう。

標的は小口城だった。城主の中島豊後守を調略可能とみたのである。

そこで六月、岩室長門守重休を筆頭とする小姓衆を送った。

しかし、失敗した。

まっさきに城内で岩室長門守が敵にこめかみを突かれて討死してしまった。城の周辺で待機していた小姓衆が惣構を打ち破って城内に突入し、数時間にわたって戦い、味方に十人ほどの負傷者が出たが、それで城を陥とせるはずもない。

知らぬ者のない有能な人材だったから、信長は岩室長門守の死をたいへんに惜しんだ。こんなところで死んでいい人物ではなかった。調略というのは、危険な仕事であるだけでなく、生真面目な者にはむかないのであろう。

三

信長は名乗りを改めた。

きっかけは織田家の三河担当者である滝川一益の報告だった。

今川氏真が、正式に任官されている治部大輔に替えて、これも今川家代々の名乗りを受け継ぎ、上総介を用いているという。この氏真の上総介も正式に任官されたものに相違ない。そして、信長のほうは私称にすぎないといって、ことさら嘲笑しているというのだ。

——氏真とは、あわれな者よ。相手にするまでもない。

と思った信長であったが、同時に、自分も上総介にこだわることもないなと考えた。

「氏真などを相手にするのは、おろかである。だが、この際、変えてみるのも悪くない。何がよかろう」

と訊かれたのは、兄の信広である。

「やはり、三介のひとつにするか。残る二つは、常陸介と上野介だが」

三介とは、親王をもって国守とする三国の次官の総称であり、常陸・上野・上総の三国では臣下の最高位となる。

しかし、サンスケと聞いた信長は、昔のことを思い出していた。

「はて、サンスケとは、いかなる字を書くのでございますか」

と元服したばかりの信長に訊いたのは、守役の平手中務丞政秀であった。

父と同じ三郎という立派な名乗りをもらったにもかかわらず、そのころ信長はサンスケと名乗っていた。

たとえば、三助などは卑賤の者の名であろう。しかし、語感が小気味よく、きびきびとよく働く小者か雑人であれば、ちょうどよい名だ。

どう書くのだと訊かれて、紙と筆まで用意してあったから、さんすけと書いてやった。

「それは、かなでございましょう。漢字は、どう書くのでございますか」

「ふんっ」

と思わず、ふてくされたような返事が、鼻から出た。

「爺が思いまするに、このように書くのでは」

といいうと、平手政秀は自分で書いてみせた。

三介

「すなわち、常陸介、上野介、上総介の三つの介を意味する言葉でございましょう」

――それが、なんだ。

「若、自ら名乗るときは官途も大事ですぞ。お屋形さまが備後守を名乗るように、若も何かの官を名乗るのです。とはいえ、三つの介をいちどに名乗るのは、多すぎるというもの。どれか一つお選びなされ」

「もういっぺん言え」

「常陸介、上野介、上総介」

「かずさのすけ、がいい」

「では、上総介さま、しかと承りました。さすれば、さっそくながら本日ただいまより、名乗りくらいは、お手ずからお書きになれませんと」

というと政秀は、信長に筆を握らせ、その背後にまわると、自分も手を出して筆を持った信長の手をうえから包み込むようにして動かしていった。

「これは上、これは糸、これが公、これは心。ほれほれ、ごらんあれ。上総介が書けるようになれば、いろんな字がたくさん憶えられますぞ」

　そういって字を教えてくれた爺の手が温かかった。自らの死をもって諫めるほど自分に期待してくれた守役であった。

「どれか一つにすることもあるまい。三介のまま使う」

　と信長は決めたが、このとき
「三つの介をいちどに叙任された例は、皆無ではありませぬか。それだと僭称が明白になりませんか」

　と口を挟んだのは、右筆である。これは信長に直接進言したのではなく、信広にいっている。

「たとえ例がなかろうと、できないことではあるまい。古来より兼任の例は多い。三介でよかろう」

　と信広がいうと、信長は満足そうにうなずいた。

　もちろん信広もサンスケの云われは知っていた。後継者であることを疑わず慢心していた長男の自分を諫めるために、弟に同じ三郎の名を与えた父の信秀のことも、そのようにして与えられた名がいやでサンスケと名乗っていた信長のことも、よくわかっていた。

四

　平手政秀のことを思い出すと、信長の足は自然と政秀寺にむかった。

　永泉寺（犬山市）の住持であった沢彦宗恩に開かせた寺である。

現在地に移転するまえは、政秀の領地である小木村(こき)にあって、ここからは北に小牧の山がよく見えた。——爺、わしはあれに城を造ってみせると約束したな。その約束、いよいよ果たすときがきたようじゃ。

そもそも清須に主城を置いているのは、そこに守護所があったからにほかならないが、もはや尾張に守護や守護代はいない。いまいないというだけでなく、今後とも永久に不要なのだ。そのことを目に見える形にして示してやろう。


「あそこに城を移す」

と、ある日、信長は指さしてみせたが、そこをみて家臣一同は仰天した。清須城の北東一八キロにある尾張富士(標高二七五メートル)である。

「尾張富士でございますか」

「その手前、二宮の高所だ。楽田の城の東だ」

二宮山(にのみややま)(本宮山(ほんぐうさん))である。標高二九三メートル、比高二三〇メートルあって、美濃の稲葉山城がそびえる金華山にはおよばないが、堂々たる山城が築けそうな適地であった。

もっとも、その山麓には尾張二之宮の大縣神社があるものの、尾張の真ん中の清須にいる家臣たちからすれば、同じ尾張は尾張でも地の果て、まるで山のなかである。

それから信長は、すぐに御内衆(みうち)をことごとく同行させ、現地に入ると、

「この山に築城するぞ。みなの者、家宅引っ越しせい」

と宣言した。そのうえ、この谷には誰々、あの峰には誰々というぐあいに、屋敷地の割り振りまで指示

したのである。それで、その日はいったん帰城したが、ふたたび出かけていっては指図を重ねていく。

　これは、家族を連れて清須の城下に住んでいた御内衆だけでなく、家族を本拠地に置いたまま清須に出仕していた重臣たち、あるいは清須の町衆にとっても大きな迷惑だった。

　そうこうしているうちに、

「小牧山にするぞ」

　と、信長は移転先を変更した。

　清須の北東と方角は同じだが、距離は一一キロで、山も小さくなって標高八五メートル。麓からは比高六五メートルほどである。近くなっただけでなく、小牧の山麓から清須まで五条川の水系が続いているので、引っ越しするにも便利である。

　それで、みな、わっと喜んで移転に取りかかった。

　小牧山の南西約一キロのところに現在も船津という地名が残るが、ここが川湊（かわみなと）になった。

　しかし、上下の者がみな喜んで移転したといっても、仮に最初から小牧と言えば、迷惑がって移転が進まなかったことは二宮山のときと同じであったろう。だから、『信長公記』が記すとおり、これは信長の作戦であったかもしれない。

　だが、一方では、もしも不平不満が少なかったなら、最初の目論見どおり二宮山に移転したことも確かだと思われる。すでに山城を築くことは時代遅れに近い古い発想であったが、なにしろ子どものときからの夢だったのだ。

　小牧から岩室長門守が戦死した小口城までは、まだ五キロ半あった。しかし、すぐに狙える距離まで近づいたことも確かだ。

もちろん軍事上の戦略だけではない。周囲を堀で囲んだ惣構えのなかに家臣の屋敷だけでなく紺屋町や鍛冶を取り込んだ清須に匹敵する商業都市を造るつもりだった。

商業的な賑わいこそが城主の繁栄を映す鏡となる。その賑わいをみて降る者も増えよう。犬山の城下が、ただのど田舎にみえるほどの賑わいを造り出すのだ。

信長の構想は大きくふくらんだ。

秀吉の時代になってから京都では、正方形の街区の中心に南北道路を入れて長方形の街区を創出することで、効率的な短冊状の町家の地割りが出現するようになる。こうした計画は、おそらく畿内では寺内町に先行例があったに違いないが、このとき小牧山に出現する城下町も南北九〇〇メートル東西八〇〇メートルにわたって京都の町家ふうの敷地割りを造ったものであった。これは城下町としては最古だという。

また、大坂の町では敷地奥の南北境界線に排水施設を設置する「背割り下水」が採用されたが、それも小牧山では当初から採用されている。

——城郭も工夫しよう。それぞれの段をすべて近江の穴太衆(あのう)に石垣で造らせる総石垣の城にする。そして、大手には、たくさんの人を使わなければ、絶対に運べないような、キララの入った白くて光る大きな石を据えるのだ。この小牧の山の柔らかくて茶色い石はだめだ。堅くて白い巨石が要る。

大手脇の巨石は、誰が見てもわかる城主の力の象徴であり、近世城郭における「鏡石(かがみいし)」のはしりであった。

信長は、家臣を総動員して大きな石の捜索を命じた。それも、各人が運んできた大石にはその者の名前を墨書させるという念の入れようだった。そうやって調達した大手脇の花崗岩の巨石は、北東三キロの岩崎山から運ばれたものと推定されている。

——それと、肝心なのは櫓だ。

小牧山の北西稜線のさきに築いた石垣と櫓が、美濃の稲葉山城からも見えるということに、信長はこだわった。出入りの商人や僧侶などを、わざわざ敵国の主城、稲葉山城に登らせて確認させたほどである。

——本当は、あれぐらいの高さがほしいのだが。

後ろ髪を引かれる思いだったが、やむを得まい。

永禄六年、小牧山城の築城は始まったばかりだった。

5――空誓

一

「蓮如上人、越前福島の超勝寺の門徒について仏法の次第もってのほか相違せりと仰せられそうろう。そのいわれは……」

と三河野寺の本證寺（安城市野寺町）で空誓は法話を始めた。

この話は文明五年(一四七三年)九月のことだから、九〇年前のことである。

そのころ、越前の吉崎にいた本願寺八世の蓮如が、山中温泉で湯治した帰りに超勝寺に立ち寄ったところ、たまたまその日は教典が講義される法筵があり、多くの門徒が集まっていた。蓮如一行は客殿に案内されるところだったが、本堂が騒々しいのでのぞいてみたのだ。

酒宴の真っ最中であった。

月に一度か二度の会合の目的は、互いに信心を語ることで信心を守り深めるためのものであるのに、酒食などの遊興でいたずらに時を過ごすのはもってのほかだ。

しかし、蓮如が最も腹立たしく思ったのは、酒が出ていたからではなかった。その席次である。住持の巧遵(ぎょうじゅん)が一段高い座を占め、杯も人よりさきにうけていた。

――これでは、まるで宮座(みやざ)だ。

村の氏神を祀る神事では、専任の神職がいないから村人が輪番で祭祀を担う宮座を組織することになるが、そこには神事での役割分担や席次について明確な上下関係があった。そもそも狩猟をする人や漁り(すなど)、女人などは不浄の者だから入れてくれないし、商いをする者も末席に入れてくれたらよいほうだった。

――坊主分にありながら、座中の人やほかのひとびとから貴く思われることが、信心に大切だと心得違いをしておる。これは往生極楽のためではなく、ただただ世間の名声を願っておるだけではないか。

超勝寺は蓮如より三代前の本願寺五世、綽如(しゃくにょ)の息子の頓円(とんえん)が開基したと伝えられる連枝の寺である。それが当代の住持にいたっては、当流の開山親鸞(しんらん)聖人の教えを正しく受け継ぐどころか忘れてしまい、天台的な宗風に染まり、門徒をわが私有物のようにみなしている。

これなら当地の領主は安心し、保護も得られやすいだろうが、それでは真宗の同胞寄合の精神に反することになる。言語道断である。

後日、蓮如は超勝寺住持の巧遵を隠居させると、その九歳になる息子の蓮超(れんちょう)を住持として、後見人に本蓮寺の蓮覚(れんかく)の姉の頓如(とんにょ)を付けて寺の更正を図った。それで、蓮超は長じて「真俗ともに正路を護り」と評されるようになったという。

ちなみに蓮超の最初の妻は蓮覚の娘であったが、亡くなると蓮如の十九子（一二女）の蓮周が後妻となった。

蓮如には生涯五人の妻があったが、同時にふたりの妻を持ったことはなかった。二七人の子があったが、驚くべきことは、その数の多さや七十を過ぎて七子をもうけたことではなく、全員の生母と生没年の記録が後世に遺ったことである。

本願寺系統の記録者も他家の系図編纂者と同じように、当家に差し障りのある場合は史実を曲げたり抹消したようで実子二四人と記す系図もあったが、それでも記録されることのまれな女子の記録が後世に遺ったのは、蓮如の娘たちが誰かの妻であり母であったというだけにとどまらず、超勝寺の例のように、教団のなかで男子と同じように活動し、ときには男子よりも重要な役割を果たしていたからにほかならない。

信仰のまえに貴賤の別も貧富の別もなく、男女の別もあってはならないという教義を、ただの言葉に終わらせることなく実践した結果であった。

もちろん、九〇年後の三河における空誓の法話は蓮如の家系の細部にまでおよぶことはなかったし、山中温泉での湯治の帰り道に超勝寺にむかったというのが、戦になりそうな吉崎に帰るのではなく、逆の方向に、むしろ京の都のほうに足が向いていたからだという事情も話さなかった。

この法話を選ぶにあたって空誓としては、蓮如の血脈がどういうものか門徒に知っておいてもらいたいという気持ちがあったが、彼にとって大事なことは血のつながりではなかった。

正しく教えを伝えているがゆえに自分は門徒のまえに立っているのだという決意表明であった。

空誓の父は、琵琶湖畔にある近江堅田の慈敬寺（かつての称徳寺）の住持、実誓である。五歳のときに父の実賢（蓮如の九男）を亡くした実誓は、伯父の蓮淳（蓮如の六男）の後見のもとに寺の運営にあたった。

もともと堅田門徒の指導は、慈敬寺ではなく、本福寺の役割であった。本福寺には御本尊（無碍光如来の名号本尊）のほかに、御影様（親鸞の画像）、御伝絵（親鸞の一代記の絵）などがあったが、それらは本山本願寺級の本寺に安置される法物であって、末寺の門徒が親鸞に対面するためには本寺に属していなければならないという、そうした単位組織を形成する核となるものであった。

それを蓮淳は取りあげようとした。

門徒をそそのかしては、あれこれと本福寺の住持、明宗の悪い評判を申し立て、本山に上訴しては謀略をなして懲戒処分を行い、門徒を放すように追い込んだ。

そうしておいて、明宗に、まずは法物を上げろという。いやなら預けよ、さもなくば惣（門徒団）に預けよ、誰々ならば安全だから預けよという。

さらに明宗が村々をまわるときには、そのたびごとに厳しく触れを出した。明宗を村に踏み入れさせれば門徒にあるまじき所行だ、出入りさせればいかに弥陀を頼もうとも地獄に墜ちると、村々に使いを立てたのである。

本福寺門徒が、蓮如の一門が住持を務める寺に移れば、それは本山本願寺の直参となる。

しかし、明宗は、門徒が直参になれるからといって本福寺を解散するつもりはなかった。それは門徒衆も同じ思いだった。

門徒が減って寺の財政は苦しくなったが、それでも本福寺の大事なお役目である琵琶湖の湖上送迎は、本願寺の命により無償で行わなければならなかった。

明宗は、跡取りとなる子ども一人だけを残して、ほかの子どもは養子に出すなり他宗に出家させるなりして口を減らし、生計費を抑え、商売で銭をかせぎ、自作して米穀類の不足を補っていたが、門徒からの志納金が途絶え生活は苦しくなり、讃のある仏画や教典類、香炉・花瓶・燭台の三具足などを売って喰らうようになった。

それでも、御掛字（名号の掛け軸）も御筆（蓮如による教典の書写）も手放したりはしなかった。

しかし、明宗の代になってから三度目となる破門の結果、生き別れになった者や病気などで死別した者が十人あまり、餓死した者が十人を数えるようになって、本福寺の財産と堅田における指導的地位は、完全に慈敬寺のものとなった。これが天文元年（一五三二年）のことで、空誓が生まれるすこし前のことである。

そののち明宗は天文九年に七二歳で亡くなった。餓死したとも読める記録が遺されている。

明宗の跡目を継いだ明誓は、本福寺を慈敬寺の末寺に格下げすることを認めて、ようやく破門は解除された。

——御本寺様、御一門、御一家の御意に違う身は、かかる憂き目に遭い申すぞ。

と明誓は書き残しているが、これは父の明宗の言葉だったかもしれない。

本福寺を圧迫していた蓮淳は、近江大津近松の顕証寺（けんしょうじ）の住持でもあった。

本福寺門徒の多くは舟で行き来して商いをする手工業者だから、堅田から琵琶湖を南に一二キロの顕証寺は、目と鼻のさきにある寺である。

——あれは、本福寺と布教地域が重なっていたからだ。蓮淳が住持を務める顕証寺の門徒が本福寺に引き抜かれてしまうのを恨んでしたことだ。腹いせだ。

と、のちになって空誓に語る者は少なくなかったが、父の実誓はなにも語らなかった。もちろん、空誓にも問い質す勇気がなかった。

いま、父の実誓は四五歳になっている。

もとは本福寺の一坊だったところで、後継者争いに巻き込まれて破門された空誓の祖父、実賢が破門を解かれ移住したのちに創建された寺の住持であった。

それは比叡山から法敵として京都東山大谷の本願寺を追われた蓮如を匿ったとき、開山親鸞聖人の木像を安置したところでもあったが、

——畳を新しくするとは何事か。そうせいとも言わぬものを。御開山ご下向のかたじけなきおりの畳を。

と、本願寺九世の実如（蓮如の五男）は嘆いたという。

父の蓮如だけでなく、実如本人も、管領細川政元が暗殺された後、二年ほど親鸞聖人の木像とともに避難していたことがあったほどだから、造作の変更はもちろんのこと畳を替えることすら、昔の風情がなくなるといって惜しんだのである。

反対勢力に担ぎ出されて敵に回った三二歳も年下の弟、実賢を処遇するために立派な一寺を建立するつもりなど毛頭なかったのだろう。

その一坊が称徳寺となり、やがて慈敬寺と名を変え、ついには本福寺を乗っ取ってしまったのである。

——危険を冒してわが曾祖父、蓮如上人を匿ってくれた本福寺のご恩に報いるどころか、廃寺寸前まで追い詰めるとは。

空誓は、これが正しい処置だったとは思えなかった。しかし、最も恩恵を被ったのは、慈敬寺の住持を継いだ父であり、その寺に生まれ跡を継ぐであろう兄の証智、そして自分なのであった。

四年前の永禄二年、本願寺一一世の顕如(けんにょ)に門跡の勅許が下ると、その翌年には父の実誓も院家の称号を得ている。「親鸞の御血の道」と呼ばれた蓮如の直系はともかく、はたして、その連枝一門を、それほどまでに優遇する価値があるのか、空誓にはわからない。

ただ、はっきりと覚悟を決めているのは、蓮如上人の教えを正しく伝えることである。

それしか自分にはできない、そう空誓は思っていた。

二

「故聖人の仰せには、親鸞は弟子一人も持たずとこそ仰せられたり。そのゆえは如来の教えを十方(じっぽう)の衆生(しゅじょう)に説き聞かせるときは、ただ如来の御代官(おんだいかん)を務めるばかりなり。なにひとつ珍しき法をもひろめず、ただ如来の教えを我も信じ、人にも教え聞かしむるばかりなり。そのほかは何を教えて弟子と言わんぞ。

されば友、同行なるべきものなり。これによりて聖人は念仏者たちに御同朋、御同行とこそ、かしずいて仰せられたり。仏恩を一同に得れば、信心一致のうえは、四海みな兄弟……」

と空誓の法話は続いた。

信心を決定するには、正しい教えを説いて仏の道に導く人の知識も必要になるが、より大事なことは阿弥陀如来を一心一向に頼むことであって、人を頼むことではない。

坊主につけ届けをして布施をはずめば信心のあつい人だから救済されるといった施物だのみの教えをひろめるのも、坊主は現世における仏の化身だから人を救う力が備わっているという考え方がひそんでいるからで、それは真宗にあっては異端である。

たとえ坊主に正しい知識があったにしても坊主その人を頼み拝んでいるような善知識だのみの信仰態度では、信心決定することはできない。

ましてや、現世で修行して聖者の位に入るという自力の教えを説く聖道門や禅僧のはしくれなどが、おのおの才知や学力をもって真宗の経典を自己流に読んで勝手に解釈し、相伝してもいない教えを説き、あるいは嘘をついて、真宗の正しい教えを詳しく知っていると人をだまし、へつらわせるなど、言語道断である。

「善知識を阿弥陀如来とあがめば仏を拝む要なしとする者、開山聖人の教えは一子相伝の秘事ゆえ、ほかの弟子の教えはすべて嘘であるとする者、それら秘事法門のあれこれ、まことにあさましや」

――要するに、坊主というのは人の弱みにつけこんで、いくらでも金儲けができる。よって門徒のみなさま方、ゆめゆめ注意を怠ってはいかんということだ。ご上人さまは、そこのところ、ようくご存じであったのだな。

と円光寺の順正は思った。

空誓を見守るのが、このところの彼の仕事になっている。

——さすがは、御一家の方だ。ほんもののお坊さまだ。

順正がそう思うのも無理はなかった。なにしろ開山親鸞聖人の血脈を伝える御一家の方である。それに先代の野寺本證寺の住持、玄海などは、およそ坊主らしくなかった。昨年、永禄五年に加賀で戦死したくらいで、坊主というより僧形の武士といったような男だった。腕っぷしだって相当なもので、かなり強かった。玄海が門徒に話をしているところなど見たことがない。

その点、順正も負けていなかった。

怪力といって差し支えなかろう。かなりの力自慢である。一方、その善知識ぶりも、だいたい玄海と似たようなものであった。ついさきごろまで俗に毛坊主と呼ばれている俗体の道場主だったのが、ほかに適当な者がいないということで門徒衆の決議によって円光寺の住持に推挙され、それから急ぎ剃髪して法名をもらい、そこではじめて僧衣に袖を通したのである。

もちろん道場主のなかには、自宅を道場に提供する有力者もいるから、そういう場合は俗体であっても法名を有しているし、それこそ本職の坊主に負けないぐらいよく勉強している者もいるが、たいていは俗名で呼ばれているから、法名を持っていない者が道場主を名乗っても不思議ではなかった。

しかし、順正は目に一字もないような育ち方をしたものだから、人に説法するのは大の苦手だった。御同朋のみなさまのまえで自分の信心を語るといったようなことも遠慮してしまう。僧衣を着るようになってから、これはいろはを習わないといけないと決心したくらいだった。

だから、彼を知らない者は、よくそれで、これまで道場主が務まったものだと不審に思うだろう。

順正は、とにかく人の世話をやくのが好きなのである。講とは組織のことで地区ごとに組織されていたが、開催日をもって二日講などといえば、それは仏事であり、寺や道場を維持するためのしきたりでもあった。その責任者である御頭、頭人は、要するに世話役である。

たとえば、神聖な道場も事務所や社交クラブのようなものであり、寄合があれば斎が欠かせないが、こうしたときの飯や茶の手配がよくできる。食事ほしさに流れ者がいきなりやって来ても、順正がやると不思議と飯に不足が出ない。それは、みなが感心するほどだった。

その彼が、いまや円光寺の住持となった。

寺であれば、仏前の勤行を、毎日、朝夕欠かさず『本願寺作法之次第』のとおりに執りおこなうべきであったが、まあ、そこはそれ、それほど人手が足りなかった。とにかく北国の門徒衆の加勢に出ないといけない。それと教線の拡大に人がとられていた。

北条氏康は、永禄三年七月、永正三年以来五十年以上続いていた相模国内の一向宗禁制を廃止すると、一〇月には武田信玄といっしょになって、北国の本願寺門徒の蜂起をうながすよう本願寺一一世の顕如に要請してきた。関東に侵攻した越後の長尾景虎（上杉謙信）を、背後から牽制するためである。

それで、三河国では、腕のたつ者は加賀へ、弁のたつ者は相模へと、せっせと派遣を重ねていたから、順正のようなにわか坊主が誕生したというわけだった。

そうしたところに、ようやく念願かなって、御一家からお坊さまがやってきたのである。

もともと三河において真宗の大寺といえば、その格式においては土呂の本宗寺（岡崎市福岡町）が第一等であった。

その初代住持は、本願寺九世の実如の四男、実円（兼証）であったが、播磨英賀の本徳寺と兼務のため三河に常住していなかった。このため本宗寺は、一門の寺とはいえ本願寺から派遣された代坊主が運営するという形態が創建当初から続いていた。

当代の住持は実円の孫の証専で、このとき二四歳であったが、彼も早世した父の実証に代わって本徳寺を継ぐと、播磨在住のまま本宗寺を兼務したにすぎない。いちども三河に来たことはなかったろう。だから、このたび野寺本證寺の住持に蓮如の曾孫を迎えたというのは、三河の本願寺門徒にとって、それはそれはたいへんに晴れがましいことだったのである。

「空誓さまを、お護りするのが、おまえの役目だ」

佐々木上宮寺（岡崎市上佐々木町）の勝祐は、順正を寺に呼び出すと、そう申し渡した。空誓の赴任が決まった頃のことである。

「わたくしなどで、よろしいので」

「だいたい同じ年ごろじゃ。そのほうがよろしかろう」

順正は、勝祐のうしろに控えている信祐のほうをちらりと見た。勝祐の息子である。住持であり、五十を過ぎているというのに、父親から半人前の扱いを受けている。

「これか。これには、わしの手伝いがあってな。ちと手が放せん用事があるのだ。とにかく、ぴたりと空誓さまのおそばにはりつき、いついかなるときもいっしょにおってもらいたいのだ。おまえのほうは、それほど忙しくなかろうて、そう思うたのよ」

というと勝祐はにやりと笑った。順正は黙ってうなずく。

「円光寺のほうは講のある日だけ出ればよい。ふだんの日は本證寺で空誓さまと寝食をともにするのだ。ただし、わが上宮寺の寄合には必ず顔を出すこと。そこで空誓さまのことをみなさまにお伝え申す、これもまた、おまえの大切なお役目である。空誓さまが、どのようにすごされているか、そのなされようを一挙手一投足あますところなく、すべて伝えるのだ。特に大事なことは、いつどこで、たれと何を話されたか、それをみな、わしに話せ」

「空誓さまの御伝をつくられる、そんなおつもりでありましょうか」

「はっはっはっ、まあ、そんなところだ。それでな。円光寺の講の日取りが悪ければ、あらためるとよい。おまえからは言いだしにくいだろうから、わしから老衆(おとなしゅう)に話しておく」

順正は一礼すると退出しようとしたが、勝祐の話は終わっていなかった。

「それからな、大事なことを聞かせておく。これは他言してはならんぞ。空誓さまにもだ。よけいなご心配をなされぬようにな。よいか、三河三ケ寺のことは、これまでどおり長島の願証寺(がんしょうじ)が仕置きする」

三河三ケ寺とは、野寺本證寺と佐々木上宮寺に、針崎の勝鬘寺(しょうまんじ)（岡崎市針崎町）を加えた三つの寺のことである。本来であれば、寺格にのっとり本山への取り次ぎは土呂本宗寺の住持が行うべきであったが、住持不在なので長島の願証寺が代行するしきたりになっていた。

これは長島願証寺を創建した蓮淳が決めたことであったが、その蓮淳も近江大津近松の顕証寺の住持と兼務していたので、住持不在のまま留守居役に任せていたところは本宗寺と大差なかったろう。幼くして本願寺一〇世となった証如の後見人として権勢をふるった蓮淳だからこそ、できたことであった。

しかし、その蓮淳も一三年前の天文一九年に亡くなり、本願寺も顕如の時代になり、当代の長島願証寺の住持は蓮淳の孫の証恵が務めていた。

「よって、空誓さまも、三ケ寺については、よけいなことをなさらぬほうがよいのだ。ただし、お二人とも故上人さまのご曾孫ゆえ、空誓さまにご異見あるときは、わしら下々の者から内々に願証寺にお取り次ぎ申し上げようと、まあ、そういうことだ。なにしろ同じご曾孫とはいえ、親子ほども歳が離れておるのだからな。空誓さまは、まだお若い。何事も証恵さまのお指図で動かれたほうがよかろう」

順正は、黙って一礼した。承知いたしましたということである。

「そういうことだからな、くれぐれも空誓さまにまちがいがあってはならんのだ。さよう心してお護りしておくれ。順正、頼んだぞ」

そう申し渡すと勝祐は立ちあがったから、順正は平伏すると、そのまま彼の退出するのを待った。

そして、いざ帰ろうとしたとき、

「おまえもだ。勘違いするなよ」

と声をかけてきたのは信祐だった。

にやりと笑った目が、冷たく光っていた。

三

ある日のことである。

「わしに、なんまいだぶの書き方を教えてくだされ」

と円光寺の順正は頼んだ。

それが卑屈になることもなく自然に頼めたのは、まさしく頼む相手の空誓という人の人格の大きさのゆえだったろう。

空誓は、いつも本堂の絵像の横に掛かっている蓮如五四歳の直筆「南无阿弥陀仏」を、おまえも見ているだろう、とは言わなかった。

　なんまいだぶ

空誓が書いたものを見て、順正は息をのんだ。

「いろはの手習いなら、耳で聞いたことを、そのまま書き留めたらよいのだ」

──いや、そうではなく……

「されど、ものには決まりがあるからな」

と空誓は笑いながら、筆をとった。

　なむあみだぶつ

──ひい、ふう、みい、よ……

「六字名号というのは……」

「そうだ。かなで書くと七文字になるから、ひとつ多くなる。漢字で書いてやろう」

南無阿弥陀仏

――まず、これを書けるようにならなければ……

と順正は思ったが、空誓は意外なことを言いだした。

「知りたかったのは、これだろう。されど字そのものに、たいした意味はないのだ」

というと、空誓は梵字で書いてやった。

――これが文字か。まるでミミズがのたくったような。

「これはナマスアミターユスブッダと読む。天竺の言葉を唐人が聞いて漢字で書き留め、それを三河者が聞いてかなで書くと、なんまいだぶになった。それだけのことだ」

つぎに空誓は馬の絵を描いた。そして、文字の成り立ちがわかるように字源を示した。馬の頭とたてがみと足がじょじょに変化して、最後に馬という漢字になっていく。

「だから、かなと違って漢字には字のひとつひとつに意味がある」

また空誓は筆をとったが、それを見た順正は、思わず手を合わせて拝んだ。

「御本尊だ」

帰命尽十方無碍光如来

十字名号である。近江堅田の本福寺に伝わるものは、名号を紺色の絹の布地に肉太の中抜き書体で書いて、金粉をにかわで溶いたものを字のなかに塗り、後背から幾筋もの光が放射状に照射されているように描いている。白紙に墨書した六字名号でもよいのだが、文字が読めない者には、やはり光明を入れておかないと御本尊らしくなかったのかもしれない。

このころの本願寺門徒は、こうした名号や絵像を掛け軸にして末寺や末道場の本尊としていた。円光寺には絵像本尊があったはずだが、順正は名号のほうに親しんでいたに違いなかった。

「これは、きみょうじんじっぽうむげこうにょらい。目にしたことはあっても声を上げて読んだことはなかろう。時を超え、妨げられることもなく、どこまでも届く光で世界を照らす、そんな働きをされる仏さまである。その仏さまが、ありがたいことに我を頼めと仰せになっている。そういう意味だ。漢字で書いて意味がとおるように字を選んでおる」

——とても無理だ。わしには難しすぎる。

順正は落胆した。字を習うなど、とうてい自分にはできない。

「案ずるな。みな同じことだ。字を識る者には目で見てわかりやすく、耳で聞く者には音のひびきよく、口に出して唱えやすいように、言い換えておるだけのことだ。これが読めたところで、信心がなければ、それはただの智恵のひとかけら。用のないもの。されど、たとえ字は読めなくても、如来のことだと識って手を合わせて拝む信心、それがまことのものならば、おろかな凡夫でも救ってくださる。まことの信心があれば、なんまいだぶで、なんの不足もない。大事なのは、それだけだ」

なにか釈然としないものがあった。

「わしなどが字を学んだところで、どうなるものでもない。むだということですか」

「そうは申しておらぬ。字を学ぶのは何のためか、その事と次第によって、むだかどうか自ずと定まるものであろう」

「なんまいだぶ、いや、南無阿弥陀仏を漢字(まな)で書けるようになりたかっただけです」

「それでは、これを手本にすれば、すぐに書けるようになるだろう。それで、つぎはどうする」

じつは、なにも考えていなかった。

「それは、これが書けるようになったときに、自ずと定まるものでしょう」

「そうか。それも道理だ。よけいなことを申したものだ。悪かった、許しておくれ。訊きたいことができたときに、また尋ねるとよい」

というと空誓は立ち去った。

順正は南無阿弥陀仏を何回も書いてみただけでなく、御本尊の十字名号も書いてみたが、最初に見たときの感動はなく、これを書けたところで、いったい何になるのだろうと思わずにはいられなかった。もちろん、つぎはどうするかなど、順正にわかるわけがない。

――つぎは自ずと定まるなどとは、わしも馬鹿なことを。字はどうやって学べばよいか教えてくだされと、すなおにお願いすればよかった。

と順正は反省したが、耳で聞いたことをそのまま書き留めろと言われたことを思い出した。

そこで、空誓の法話を、その場でそのまま書き留めてみることにしたのである。

順正は、すべてかなで書いたものを読み返すと、それを空誓に見せて、わからないところや正しく聞き取れなかったところを尋ねながら、ところどころを漢字に置き換えていった。

「奉公、宮仕えをし、弓箭(きゅうせん)を帯して主命のために身命(しんみょう)をも惜しまず人を殺す、あるいは芸能をたしなみて人をたらし、狂言綺語を本として浮世をわたるたぐいの身、あるいは朝夕は商いに心をかけ、難海の波の上に浮かび、おそろしき難破に遭えることをもかえりみず銭貨を人から奪い取る。かかる身なれども、弥陀如来の本願の不思議は、諸仏の本願に優れて、われら迷いの凡夫を助けんという大願を起こして、三世十方の諸仏に捨てられたる悪人女人を救いましますは、ただ阿弥陀如来ばかりなり。これを尊きこととも思わずして、朝夕は悪業煩悩にのみ惑わされて、ひとすじに弥陀を頼む心のなきは、あさましきことにはあらずや。深く慎むべし」

——どれも漢字で書けるものなのか。

と順正は驚いた。かなのどこかを指させば、たちどころに空誓は、それを漢字に直してみせるのである。

「信心を起こすというも、これあながちにわが賢くて起こすにはあらず。そのゆえは、前世に積み重ねたる善根の機を、弥陀の大慈大悲によりて、かたじけなくもよくしろしめして、無碍の光明をもて十方世界を照らしたまうとき、われらが煩悩悪行の罪、光明の縁に遭うによりて、すなわち罪障消滅して、たちまちに信心決定する因を起こさしむるものなり」

——これが御本尊か。

ただ「きみょうじんじっぽう……」と唱えていたのでは、わからないことであった。空誓によれば、ほとんどの経典は漢字だけで書いてあるというが、それだけに耳で聞いてわかるものではない、わからないものをありがたいと思ってはならぬとも言った。

「この他力の信心をひとたび決定してのちは、阿弥陀如来の、われらごとき心おろかで悟りのにぶい人をも、たやすく助けましますご恩のかたじけなしと思いとりて、念仏をもうし、その仏恩を報ずべきものなり」

順正は佐々木上宮寺に行くと、勝祐のまえで自分が書き留めたものを読みあげることにしていた。

「ところどころ言い換えておれば、言葉を足し、あるいは略してもおるが、だいたい御文のとおりじゃな」

と勝祐は言った。

五帖一部八〇通の「御文（帖内御文）」と呼ばれる蓮如の書簡集の木版本が、二六年前の天文六年に発行されていた。書簡の形式をとっているが、個人にあてたものはほとんどなく、紀行文や随筆もわずかながらふくまれているものの、その内容は真宗の教説を一般庶民向けにまとめたものである。

論文であれば漢文で書くところを、手紙の形式にしたので漢字仮名まじり文で書かれている。

数百通のなかから八〇通の帖内御文を選んだのは蓮如自身で、わかりやすく読みやすいように繰り返し手を入れていたというから、これは法話の原稿のようなものであった。

芝居の台本を書いた劇作家が自ら役者を演じるときのように、蓮如は正確に読誦していた。そして、それを人にも薦めていたから、蓮如在世中から門徒のあいだで書き写され口承されていたものである。

「されど、帖内にないものもある」

と言ったのは息子の信祐だったが、なんのことか順正にはわからない。

勝祐は手にしていた木版本を順正のまえに示すと、

「空誓さまの手元にも同じ本があろうから、それを見せてもらうのだ。そして、おまえが書き留めたものと照らし合わせて、違うところがあれば朱を入れる。さすれば、おまえも学ぶところがあろう。それから、これにないものは、別に写しをお持ちであろうから、それを見せてもらって書き写すのだ。よいか順正、一字一句たりともおろそかにせず、そっくりそのまま写すのが肝心ぞ。それを二部つくってな、一部はわしに、一部はおまえがとれ。円光寺のよい法物となろう」

と申し渡した。

四

順正は黙って一礼すると退出しようとしたが、勝祐の話には続きがあった。

「細かいことだが、空誓さまが前世に積み重ねたる善根の機と仰せのところ、蓮如上人は宿善の機と仰せなのだ。わかりやすく言い換えればよいというものではない。たとえわかりやすくとも抜け落ちるものがあってはならぬ。ふつう宿善とは前世に限らず今世に修めた善根をもふくむものであろう。御文には無宿善の機というのも出てくる」

それだけいうと勝祐は席を立った。

順正にはよくわからなかったが、空誓の法話にけちをつけられたということだけはわかった。なにか口惜しかった。

それで順正は空誓のところに戻ったとき、もちろん誰とは言わなかったが、そうしたことを申す坊主がいたという話を空誓本人にしたのであった。

「自己の機について宿因には善悪あり、宿業という言葉もあるゆえ厄介なのだ。宿善とあるのに今世に修めた善根を除く、この経釈に勝ち目はなかろう。されど、開山親鸞聖人の教えは、善人なおもて往生をとぐ、いわんや悪人をや。よって蓮如上人の宿善に今世は入っておらんと思うておる。自ら信心定まるか定まらぬかは前世の次第による。されど、前世のことなどわからんのが人というもの。弥陀如来を一心一向に頼み、専修（せんじゅ）専念なれば必ず遍照の光明のなかにおさめられまいらする。他方、自信教人信（じしんきょうにんしん）、自ら信じ、教えて人に信をとらせるところの無宿善、これは他人のことじゃ。人が熱心に信心を勧めても、その人の前世に善根がなければ、どうにもならぬ。だから、早うにあきらめてもよい。宿善めでたしというはわろし、当流は宿善ありがたしと申すがよく。それが蓮如上人のお言葉である」

といって空誓は笑った。

この物語から二〇年前の天文一二年（一五四三年）、種子島に鉄砲が伝来した年、ポーランドでは一人の聖職者が亡くなろうとしていたが、その彼のもとに一冊の本のコピーが届けられた。彼の名はニコラウス・コペルニクス、本の名は『天球の回転について』。

この本の出版がもたらすであろう非難を怖れて、意図的に出版を遅らせていたのだが、さしたる反響はなく、死後数十年にわたって彼に注意を払う者はほとんどいなかった。

ところが、イエズス会の伝道師たちは中国において彼の学説、すなわち地動説を教えていたという話もあるくらいだから、信長の時代は現代人のわれわれが考えているより、よほど世界は密接に結びついていたのである。

慶長一四年に平戸でオランダとの貿易が始まった年、ヨハネス・ケプラーは『新天文学』を出版。これで地動説の理論と観測は一致した。すなわち惑星の軌道は、真円ではなく楕円であることがわかったので、天文学の精度は百倍も正確になった。

あわてたローマ教会が、ガリレオに地動説を支持しないよう布告を出したのは、大坂夏の陣の翌年である。というのもプロテスタントとの戦いに不利になるようなことは放置できなかったからだが、その一六年後『天文対話』が出版され、反逆を企てたガリレオは異端審問にかけられて終身閉居を宣告される。

そして、生類憐れみの令が出た貞享(じょうきょう)四年(一六八七年)、元禄と改元される前の年、アイザック・ニュートンが『自然哲学の数学的原理』、通称『プリンキピア』を刊行した。なぜ惑星が楕円軌道を描くのか重力理論によって証明したのである。

プリンキピア、物理学に関してかつて書かれた本のなかで最も影響力の大きな書物。だが、名著と言われながら現代では読む人がほとんどいない。なぜなら、平面幾何を多用する当時の数学で書かれていて、現代人には理解できないからである。

運動法則を微分方程式であらわして、その解法を求めるという現代数学の手法は、ニュートンが世界で最初に発明したものでありながら、あえてプリンキピアでは当時のひとびとが受け入れやすいように古い数学を使って証明している。

このため、微積分学の発表は、ドイツの外交官であり法律家にして系図史家のライプニッツが最初になってしまった。dy/dx の記号の発明者はライプニッツであり、ニュートンのものは便利に使えないので普及しなかったくらいである。

プリンキピアが刊行されたとき、すでに大陸では知られていた微積分も、イギリスではニュートンが自分の発明を人に分かち与えなかったために、ほとんど知られていなかったのだが、プリンキピアの成功で王立協会の総裁となりナイトの称号を授かったニュートンは、友人たちで構成する中立的な調査委員会を設置し、自ら委員会の報告書を書いてライプニッツの「剽窃（ひょうせつ）」を正式に告発しただけでなく、協会の刊行物に匿名で報告書を賛美する論評を書いたのだった。

プリンキピアが刊行された翌年、イギリスのプロテスタントは名誉革命という名の無血クーデタを起こしたので、ニュートンも反カトリックの政治運動で活躍すると、造幣局長官という地位が与えられた。そのころは極東の小さな島国と同じでイギリスも「位（くらい）、人臣を極める」のが人生最高というわけである。それで、ニュートンは、せっせと偽札づくりの摘発に励んで何人かを死刑台に送ったという。

こうしたニュートンの周到さ、あるいは世俗的な名声を求めて競争相手を排除する執念が、親鸞にはなかった。

親鸞にあったのは、コペルニクスやケプラーやガリレオやライプニッツにも共通の、真理を追求しようとする態度である。

そして、この世界を動かしている原理は単純で、ごく簡潔に書きあらわすことができるはずだという信念だった。いまだ宗教と自然科学を別のものと考える人のなかった時代である。

万物は変転する。ゆえに未来永劫不変のものは、色も形もなく音もしないものであろう。

すべての諸仏は阿弥陀仏に帰一され、その阿弥陀仏とは色も形もないものであって、衆生が認識するための方便として名があらわれるにすぎない。経文も仏像も念珠も法衣も要らない、ただ南無阿弥陀仏の六字名号さえあれば十分だという親鸞の教義は、はたして仏教なのか。

親鸞その人は天台宗の青蓮院（しょうれんいん）で得度したが、やがて比叡山と決別し法然に入門して彼とともに流罪となり、僧籍を失ったのちは、愚禿（ぐとく）と姓を名乗り、非僧非俗の立場から、どこの寺にも属さず諸国を放浪し、生涯にわたって一宗を興すつもりはなく一寺も持たなかった。

そのかわりに多数の著作を遺したが、いずれも難解だった。

しかし、漢文で書かれていた経釈を、やまとことばを使って、聞いてわかりやすく朗唱しやすいようにあらわした和讃（わさん）を五百首以上もつくったのである。

のちに蓮如が発見し、『愚禿悲歎述懐』と命名し、木版本として公表したものがある。わかりやすいだけに疑惑を招きやすく、攻撃されやすいものだったから、それまであまり知られていなかった。

かなしきかなや道俗の　　良時吉日えらばしめ
天神地祇（じぎ）をあがめつつ　　卜占（ぼくせん）祭祀をつとめとす

かなしきかなやこのごろの　　和国の道俗みなともに
仏教の威儀をもととして　　天地の鬼神を尊敬（そんきょう）す

日時や方位方角の吉兆は迷信であり、天地に悪鬼神を認めず、南無阿弥陀仏を唱えれば山伏たちの行う加持祈祷は不要だと説くのだから、天台、真言の学者たちが攻撃したくなるのも無理はなかった。

そのせいか、朝夕の勤行の際に詠唱される和讃からは除外されている。

しかし、宗教というのは真実を、正直にわかりやすく語るものであろう。

念仏は、まことに浄土に生まるるたねにてや、はんべるらん
また地獄に墜つる業（ごう）にてや、はんべるらん
総じてもって存知せざるなり

と『歎異抄（たんにしょう）』にある。

論理的説得的に、布教のためにいうなら、極楽往生するためには念仏しろとだけいうべきところを、親鸞は、わからない「信ずるほかに別の子細なきなり」と突き放してしまう。信じることが第一であって、念仏を称えるという行為の結果には、さほど重きを置かない。そして、賛嘆するばかりでなく、ときには信じることの難しさを正直に吐露してしまう。

だから、布教の妨げになることを怖れた蓮如は、自分が文箱の奥から発見した『歎異抄』を門外不出にしてしまった。

しかし、その教えは伝えている。

蓮如の弟子であった空善の記録である『空善記』によれば、

「朝夕、正信偈和讃（しょうしんげわさん）にて念仏もうすれば、往生のたねになるべきか、たねにはなるまじきか」

という蓮如の問いにたいして、「往生のたねになるべし」とか「往生のたねにはなるまじき」と坊主衆が口々に答えたところ、

「いずれもわるし。正信偈和讃は、弥陀如来を一念に頼みまいらせて衆生の後生助かりもうせのことわりなり。よく聞きわけて信をとり、ありがたやありがたやと、聖人の御まえにて念仏もうして喜ぶ事なり」

と蓮如は教えたという。

往生のたねにならないなどと答える本願寺の坊主が実際にいたとは思えないから、これは蓮如の口をかりて『歎異抄』を伝えたものであろうが、この場合、「よく聞きわけて」が肝心な点であった。和讃はともかく正信偈は、勉強しなければ意味不明の呪文になってしまう。

しかし、親鸞にすれば、『歎異抄』にいう「念仏」とは、自ら編纂した七言一二〇句の正信（念仏）偈ではなく、南無阿弥陀仏の六字ではなかったか。言い換えてしまえば、どうしても原典のもつ力は弱くなる。

ともあれ、親鸞の教えも仏教であるという証明は、弟子たちの仕事になったが、本願寺三世の覚如にしても、その子の存覚にしても浄土宗までの教養をもって分析するしか方法を持たなかった。

その結果、親鸞がほとんど使わなかった宿善その他の用語が教義のなかに入り込んだ。

蓮如は『歎異抄』を読んでいたので、存覚の解説が親鸞の教えを正しく伝えていないとわかっていたが、名人のつくったものだから、そのままそっとしておくほうが名誉だという態度をとり、御文のなかでも宿善開発とことわり、それまで積み重ねてきた善根が、ある時期に開かれて信心を得るのだと従来の解釈をそのまま用いている。

また、本願寺の歴代住持は親鸞と同じように青蓮院で得度するしきたりとなっていた。

蓮如も、べつに修学したわけでもないのに、一七歳のときに青蓮院で得度している。

本来、本所末寺は宗義を同じくするもののはずだが、あたかも青蓮院の一支院のような態度をとる本願寺は、天台宗の総本山である比叡山にとっては末寺の扱いだった。

というのも、蓮如が得度した頃の本願寺は、京の七口のひとつ東海道に通じる粟田口のあたり、現在でいえば親鸞の師である法然が開基した浄土宗の総本山、知恩院の山内の崇泰院の場所にあって、北に青蓮院が隣接していたからである。

知恩院が江戸時代になって拡張される三百年以上も前のことだが、親鸞の末娘の覚信が四九歳のとき、鳥辺野の北辺に葬られた父の遺骨を、夫が所有する一五〇坪ほどの自宅の敷地に移し、門徒の寄付で廟堂を建立して、自ら墓守りとなったことが本願寺の始まりであった。

親鸞そのひとは「それがし閉眼せば、賀茂川にいれて魚にあたうべし」と常にいっていたのだが、いざそのときがくると、肉親も門弟たちもそのとおりにしようなどとは考えもしなかったのである。

親鸞の廟堂が建った頃は、北に天台宗の十楽院、南に真言律宗の白毫寺があり、さらにその南東に、のちに知恩院と称する法然の廟堂があっただけだった。

その法然の廟堂が、かつて比叡山の宗徒によって破壊されたことがあった。

いまだ覚信が数え年四歳の幼子で親鸞が関東にいた頃のことである。

さきに比叡山の宗徒は、専修念仏を停止するよう朝廷に上申していたが、三年たっても音沙汰ないので実力行使に出た。というのも天台座主の慈円が亡くなり、止める者がいなくなっていたのである。延暦寺の学僧によれば、廟堂の破壊は「その後、天皇に申し上げて裁許を受けた」という。

後堀河天皇は、宗徒が蜂起し強訴に出るのを怖れて要求を容れ、念仏停止と法然の高弟たちに流罪を命じたが、これに勢いを得た比叡山の宗徒は、あちこちにあった法然の本とその版木を「三世の仏恩を報ずるために」焼いただけでなく、清水寺や祇園社あたりにあった興福寺や延暦寺の末寺の地所を捜索し、念仏の行者の草庵を見つけると、ことごとく破壊し、行者の身柄を確保しては検非違使に捕縛させたという。

それは、青蓮院の里坊（さとぼう）が一時的に三条白川から、廟堂のあった吉水（よしみず）の地に移っていたときのことであった。

その後、破壊された法然の廟堂は再建された。そして、寺として基礎ができてからのことになるが、知恩院は青蓮院に寺領の安堵状をもらっている。

それは、このあたりの領主が青蓮院だったからである。

覚信の自宅も、もとは青蓮院の院家だった妙香院の別院、法楽寺の土地に建ったものであり、そのあと同じく院家だった十楽院のあった場所に比叡山東塔南谷から青蓮院本坊がおりてきて併合してしまったのであってみれば、親鸞の廟堂も青蓮院に安堵してもらわなければ存続できなかった。

そういう場所だった。

覚信は、自分が亡くなった後の廟堂の管理者はふたりの子どもたちのなかから選ぶことにするが、夫から相続した土地は廟堂に寄進するから、弟子たちの御心に適わぬ者はおさばきくだされますようにと、まずは寄進状を書き、つぎに置文をもって「開山聖人の御墓の沙汰人（さたにん）」に長男の覚恵（かくえ）を指名した。

なぜなら弟子たちは遠く東国にいて頼みとする人は市中にいなかったし、ふたりの異父兄弟は祖父の親鸞から教えを受けたことがなかったからである。それに、もともと土地は年下の唯善の父が持っていたものであったが、ふたりは親子ほども歳が離れていた。

その後、門徒の寄付によって廟堂の南に隣接する土地が買い増しされると、弟子たちが覚恵親子と唯善の二派に分かれて敷地建物の管理権をめぐる争いが起きたが、二代にわたる三度の院宣と検非違使の庁裁を経てもなお決着を付けることができなかった。というのも、たとえ仲介する公家が同じ人であろうとも、礼銭を携えて頼んでくる者の望みどおりの裁決が下るからである。

覚恵は長男の覚如に「廟堂の留守職（るすしき）」の譲り状を書いて門徒に示したが、一方の唯善も門徒の協力を得て実力で廟堂を占拠してしまっていた。

やむなく覚恵親子は大谷を出るしかなかったが、このときに、おそらくは青蓮院に裁定を頼んだのであろう。

覚恵が亡くなったのちになって、青蓮院は唯善による占拠を不法と認めた。しかし、これは敷地建物が門徒の共有であることを確認しただけで、その管理者については「門徒らの意に在る」として直接言及することを避けていた。

唯善は廟堂を明け渡すかわりに破壊して、親鸞の木像と遺灰を関東に持ち去ってしまったので、覚如は残った遺灰を集めて廟堂を再建し、自ら留守職となって廟堂の寺院化をすすめた。

これが本願寺の始まりである。覚如の父の覚恵は青蓮院で得度していたのだから、本願寺と青蓮院の関係はよほど古い。

覚如は、唯善との争いが起きるまえに奈良の興福寺一乗院で得度受戒し、勘解由小路兼仲（かでのこうじかねなか）として世に知られていた広橋兼仲の猶子（ゆうし）となっていたので、兼仲が権中納言に昇進した頃から「勘解由小路中納言法印」の名乗りが許されるようになっていたが、唯善は無位無官である。同じ僧侶とはいっても、その身分には大きな差があった。

しかし、母の覚信が知っていたように、親鸞の教えを正しく継承しているかどうかは、その弟子たちの御心に適うかどうかがすべてであったろう。

留守職に就任するにあたり覚如は、その貴族ふうの生活態度が警戒され、

——聖人のご門弟らは、たとえ田夫野人たりといえども、祖師の遺戒に任せ、まったく蔑如の思いをなし過言いたすべからざること。

——私に取るところの借り上げをもって、ご門弟らに掛けたてまつるべからざること。

——影堂敷内に好色傾城らを招き入れ酒宴すべからず。自他ともに禁制すべきこと。

といった自戒すべきことを箇条書きにした誓約書を提出しなければならなかった。

他方、天台の教養を欠いていた唯善は、『歎異抄』を書いた唯円の弟子となり、宿善の有無に関係なく救われると主張していたのだから、その点に限れば、彼のほうが正しく親鸞の教えを理解していたのかもしれないが、それだけでは大谷で廟堂を維持するために必要な庇護者を獲得することはできなかったのである。

その後、覚如の地位は安泰であったが、人望の厚い長男の存覚を怖れるあまり義絶してしまったので、不安に駆られた覚如は、妙香院や青蓮院に頼んで安堵状を出してもらっている。カネを出しさえすれば、何枚でも安堵状はもらえたからである。

ところが、廟堂が寺院化されたのちも天台の末寺の扱いであったがために、蓮如の代になって礼銭が

滞ったとき、比叡山は容赦なく本願寺を破却した。

寛正六年(一四六五年)正月、比叡山西塔院に参集した宗徒の決議は

「邪路のふるまい眼をさえぎり、放逸の悪行耳にみちる。かつは仏敵なり、かつは神敵なり。正法のため国土のため、誡めざることあるべからず」

という激烈なもので、本願寺に押しかけてきて寺を壊し死者が出るような騒動であったが、末寺として本山に末寺銭を払えばかたがつくと問題の本質を見抜き、資金提供を申し出たのは、三河佐々木上宮寺の如光であった。

教義上の問題であれば、宗論、すなわち公開の討論によって正邪を決することもできるだろうが、問題がカネのことであればそうはいかない。

結局のところ、交渉は近江堅田本福寺の法住が担当した。

法住は、堅田大宮の鳥居の下に八〇貫文を積み上げると、

「この銭がほしければ、くれてやろう。ただし、談判に来るがよいぞ。刀に訴え力ずくとあらば、目にもの見せてやる」

と呼ばわり、取りにくる敵を討ち果たすことから始めて、比叡山の使者を呼び寄せた。

そして、最終的には全山一六谷に合計三千貫を支払うことで和議が成立した。

いまだ幼子の蓮如の五男は光耀（実如）と名付けられて西塔西谷正教坊を、執事の下間頼善は同じく西谷西覚坊、本福寺の法住は東塔北谷覚恩坊を、それぞれ本所とさせて末寺役を課したうえで賠償させる。

これで本願寺からは東塔、西塔、横川の三塔に末寺役として毎年三〇貫、このほか親鸞が学んだという

無動寺の縁で飯室谷不動堂に灯明代として毎年一貫五百文を寄進するということで、ひとまず決着した。

もちろん決着したといったところで、それは武力衝突が回避されただけのことである。

大谷の地を失ったことに加えて教義にけちをつけられた蓮如にはもやもやとしたものが残ったし、それは西塔院の決議文を起草した延暦寺の西塔院執行、慶純（きょうじゅん）にしたところで同じ思いであったろう。

五

「叡山の執念たるや怖るべし」

と空誓は言った。

「このときだって開山聖人の流罪から数えて二六〇年ほどたっておったのだからな。念仏を何度停止（ちょうじ）したところで根絶やしにすることはできなかった、それにもかかわらず、いったん事があれば当流を誹謗してくる」

「向後も同じようなことが起きるでしょうか」

と順正は訊いてみた。

「いまのは京の話だ。なにしろ大谷は叡山に近すぎたのだ。そののち山科に移り、いまは大坂だ。そのうえ、ご門跡となったからには、南都（なんと）（奈良興福寺）北嶺（ほくれい）（比叡山延暦寺）の衆も、うかつには手を出せまい。本山は安泰であろう」

「では、当地三河は」

「これまで門徒が法難を被ったようなところとは違う。安心してよいだろう」
と空誓はいうと、順正のためにすこし説明してやった。

北国(ほっこく)は、一遍上人の時宗が隆盛だった。

一遍は法然の流れをくむ浄土門の易行(いぎょう)を標榜していた。これは阿弥陀仏の力によって浄土に生まれ悟りを開く道であるから、妻子を帯し家にありながら往生するのが最良なのだと教えていたが、本人は苦行の旅を生涯にわたって続けた人である。

仏道の修行として同行の僧尼にも万事放下(ほうげ)、すべての我執を放棄することを要求したが、それは難行苦行の果てに自力救済して、この世の聖者になるという聖道門の道をあゆむためではなく、念珠を手に念仏を唱えて諸国を放浪し他人を助けるためであった。

南無阿弥陀仏の六字を版木に刻んで紙に刷った念仏の札を道俗の人に与えることで、その人の往生が定まるという。

はるか昔に阿弥陀仏は衆生の往生を確定していると考える一遍は、念仏の札を受け取った人が信心を持っているかどうかさえ気にしていなかった。

この念仏の札を「算」と呼ぶのは、その数を数えていたからである。数を数えると、それは励みになる。数を重ねれば重ねるほど、それだけ自分は人を救ったのだ、功徳(くどく)を積んだと思うのは人情であろう。

そして、教義として教えていたわけではなかったはずだが、その行法は良忍(りょうにん)が創始した融通念仏であった。

融通念仏とは、個人がどれだけ深く教説を理解したかではなくて、合唱、それも名帳(みょうちょう)によって時と場所を超えて行われる合唱を通じて、念仏の功徳を相互に融通し、その相乗作用によって一人であれば数万回の念仏が要るところを短時間のうちに達成して浄土に往生できるというものである。

ただのいっぺんの念仏で往生には十分と自覚したので、一遍と名乗るようになったはずなのだが、やっていることは古くからの数取り念仏、それも唱和するから融通念仏であった。


「融通念仏絵巻には、日に四万三千五百遍称えたという者も出てくる。融通するとはいえ数は多いほうがよい、そのことに変わりはないのだ。易行を唱えた源空法師（法然）でさえ日課六万遍という話もあるくらいだ。称名を重ねる心地よさは捨てがたいのであろうよ」

「当流は、信心決定してのちの念仏は、すべて報謝のため」

「そうだ。報謝のためである。源空法師のような強い心の持ち主はよいが、凡夫だと称名も回を重ねるうちに妙な境地に迷い込んでしまう」

と空誓はいうと、説明を続けた。


一遍が人に念仏を勧めるときは経典を示さないし、放浪しているので十分に教えを説く時間もない。

それで、一遍の念仏は、この列島の地層の深い割れ目から太古の記憶を呼び覚ますような原始的呪術的土俗的なものとなりやすく、またそれだけに大衆が参加しやすかった。

のちになって念仏に踊りが加わるようになると、参加者をトランス状態にしてしまい、集団自殺を引き起こしたこともある。

一遍の踊り念仏は、振り付けこそ定まっていなかったものの、舞台の上に立って、内側を尼が、外側を僧が左回りにまわって、念仏を唱えながら胸にかけた鉦を叩き、床を踏みならして踊るという整然としたものであったが、それでも次第に恍惚状態になり、おぼろげに手足を動かし、ときには飛び跳ねたりしているうちに、幻覚や幻聴を引き起こした。


決定往生の信たらずとも、口にまかせて称せば往生すべし。

このゆえに往生は心によらず、名号によりて往生するなり。

わが身わが心は不定なり。

心は妄心なれば虚妄なり。頼むべからず。

極楽は無我の土なるがゆえに、我執をもては往生せず、名号をもて往生すべきなり。


一刻も早く浄土にゆきたいと願ったのは、それだけ旅がつらいからでもあった。

食料も資金も持たずに布施だけを頼りにして、二十人から三十人もの人間が一遍とともに旅をしている。食べるものが足りなくて遅れがちな者がいつも数人いたが、歩けなくなれば死ぬしかない。

踊りの歓喜のなかで往生したいと願って鎌倉のはずれ片瀬の浜の地蔵堂の踊屋から身を投げた僧尼が、おそらくは少なくとも六人。

この事件は、親鸞の廟堂を建てた覚信が五九歳のときであった。

しかも、悲惨なことに、六人の僧尼は全員が即死したわけではなかった。

七月一六日に片瀬を出発した一遍一行が、箱根を越えて伊豆の三島大明神に到着したのは、じつに三ケ月もたった一〇月のことである。

忌み嫌われて送葬もできなかった死者の遺骨と負傷者を抱えながらの困難な旅を続けて、ようやく一遍の実家である河野家の氏神、三島大明神に到着した当日、「一日中紫の雲がたちこめるなかで、時衆七、八人一度に往生をとぐ」と『一遍聖絵』に記されている。

紫の雲がたなびき天から花がふるのは極楽往生の奇瑞(きずい)であり確証とされていたから、『一遍聖絵』の詞書の作者である聖戒も、鎌倉と三島の両方の場面では記号として紫雲天華(しうんてんげ)の瑞相(ずいそう)を記すほかなかったのであろう。

しかし、あわせて一遍の言葉を引用しておかなければ嘘になってしまう。

「花のことは花に問え。紫雲のことは紫雲に問え。一遍は知らず」

と一遍はいい放つ。同行者の死の責任を問われたときの一遍の釈明を暗示したものだといっても、まちがいとはいえない。

それで、はからずも伝記は緊迫したものとなった。

自殺などの捨身往生は、自力の我意によるものとして法然などは否定していたから、「時宗の開祖である一遍」も同じ立場をとることが求められる。それで、入水自殺しようとする鯵坂(あじさか)入道の同行(入門)は許さないが、そんな彼も死んだとなれば、やはり紫雲はたなびくのである。踊り念仏の最中の死も、これと同様であった。

一遍が亡くなったとき、念仏の札をもらって目録に入った者は二五万人にのぼっていたが、そのほとんどが社会の底辺に生きるひとびとだったという。

一遍の教えを受け継いだ弟子の他阿真教は、越前から越後にかけて日本海沿岸を旅した。いまだ一遍が歩いていないだけでなく、ほかの宗派が浸透していない地域だった。

一所不定、捨家棄欲の一遍の生き方とは違って、他阿真教は各地に道場を建てて弟子を置いたので、これが教団の基礎となった。代々の後継者も他阿真教と名乗ったが、最初は遊行上人と称して諸国を旅をする。そして先代が亡くなると、相模の当麻無量光寺（のちの清浄光寺）に入って止住し、つぎの後継者に遊行上人を譲るという仕組みができた。

真宗と教義はまったく違うが、南無阿弥陀仏を称えればよいというところが外形的には同じで、それだけに時宗の門徒には親しみやすく、真宗に入りやすかった。

特に在家止住のまま一念発起、平生業成するという、ふつうに生活していても信心決定すれば臨終の際にただちに往生が定まるという教えは、日に一万、二万、三万遍もの数取り念仏を頼みとしていたひとびとには救いとなった。

また、一遍と違って時宗の遊行上人は絶対的な権力を持つようになり、いったん目録に名前が記載され往生すると証された者でも取り消すことができるとされていたが、真宗では善知識にそうした権威を認めなかった。この御同朋、御同行の精神に加えて、女性が救われるという蓮如の説法、それが信者を獲得するのに大きな力を果たした。

神祇不拝の法然や親鸞と違って、一遍は平気で神社に参拝していた。なんの疑問も持っていなかったどころか、熊野宮で神託を授かったという。

一遍の念仏は、神仏習合念仏に分類されるもので、山岳信仰にもよくあるものだったから、同じように南無阿弥陀仏の札をくばっていた高野山の念仏聖は、やがて時宗に取り込まれていった。加賀国では加賀白山宮が時宗となっていたが、真宗への転宗があいついで、信者が激減した。

「天文二三年というから、いまから九年前だ。白山が燃えたのは、一向門徒が多くなって白山宮は末社もほとんど消え失せたからだ、宮が衰えたから、お山がお怒りになったのだともっぱらの評判であった」

と空誓は説明を続けた。

この白山の噴火は遠く九州にまで伝わり、その翌年の弘治元年(一五五五年)に肥後の相良晴広が定めた相良氏法度の追加条文において、わざわざ一向宗を禁止する理由にあげているほどだった。

「北国では、神明の礼拝をこばむだけでなく、神領を横領する者も多かった」

「神罰を怖れなくなったから」

と順正が念をおした。

「それはすこし違うな。神の名をもって人を威嚇する者を怖れなくなったからだ。怖いのは神罰ではない。いつの世でも、本当に怖いのは人のやることだ。その道理がわかるようになったのだ」

といって空誓は笑った。

「それで、その怖い人のことだがな。そのころ真宗の門徒に、武家はほとんどいなかった。武家はみな禅宗であった。近江の堅田も同じだ。加州の御坊に集まったのも、応仁の乱で禄を失った浪人者とか、これは好機とばかりに国主に叛旗を翻した地侍たちであった。されど、三河は違う」

「三河だと道場に武士(さむらい)もくる」

「そうだ。お城では重役のかたがたも多い。もともと高田専修寺の末寺で改派した本寺があるからだ」

高田専修寺派の教義を本願寺派は善知識頼みと批判していたが、僧侶に権威を認めているという点で、体制を擁護しているという安心感が上位の武士階級にはあった。

それに、高田専修寺の基礎が固まったのは、もともと下野国真岡(しもつけのくにもうか)の豪族の家系が住持を務めるようになって寺領を有していたためといわれ、実際、一向一揆があれば、高田派は必ず領主を支持していたのである。

ところが、そうした寺も、有力な信者に背中を押されるようにして、ついには坊主まで転向してしまうということが少なくなかった。

蓮如の時代でいうと、近江堅田本福寺の法住は紺屋であり、配下の末寺道場主たちも、油屋、鍛冶屋、研屋(とぎや)、桶屋、船大工など、手工業者にして船運業者であった。おそらく、三河佐々木上宮寺の如光も、矢作川、乙川の水上交易を担っていた手工業者・商人のひとりで、豊富な財力を背景にして流域の寺を本願寺派に変えていったに違いないのである。

如光たちからすれば、本願寺派の教義は彼らにとって有利だった。

第一に寺の運営において平等性対等性が確保されている。だから、門徒であれば僧侶と対等の立場で、評議に参加することができた。「商いをせんに一文の銭なりとも過ごし取るべからず。そく返すべし」など、商取引の規則を制戒に入れることは、親鸞の在世時から始まっている。

第二に神威を怖れない。京都大山崎の油座のように神威を借りて強訴を繰り返し、ときには暴力的な制裁をふるうことで既得権益を維持していた中世的な勢力から自由になった。

第三に寺のまわりに自分たちの商家を建て寺内町にしてしまうことで、諸役免除、守護使不入の特権を得ることができる。すなわち領主の支配を脱した自由都市である。これが大きい。

他方、本願寺からすれば、荘園寺領を持たない教団にとって、手工業者・商人たちからの志納付金は貴重な財源であったから、その保護には気をくばっていた。

蓮如は、堅田から大きなヒントを得た。水で囲まれた要塞が、叡山から自分を守ってくれる。越前で吉崎の地を選んだのも、堅田に似ているからであった。それに防御しやすいというだけでなく、水運に便利なところは商業が発達し、商業が発達すれば古い宗教に縛られない自立した個人が増えるから、信者を獲得しやすいに違いないのである。

伊勢長島もそうであったし、現在では想像もつかないが、播磨英賀(あが)も三河土呂も三方を水に囲まれたところだった。大坂石山の本山もふくめて、本願寺の主力寺院、御坊はみな同じような地形のところが選ばれていた。

「だから、三河では寺を守るのに戦をしいられることなどあるまい。せいぜい北国まで加勢に出るくらいのことであろう」

と、空誓は話をしめくくった。

6――予兆

一

「こんな馬鹿なものがあるか。なにかのまちがいであろう。さもなくば嘘偽りに違いない」

と言ったのは上宮寺の勝祐である。

「たれか戦をけしかけようとしておるのではないでしょうか」

勝鬘寺の了意（りょうい）が応じた。

「たれかとは、たれのことぞ」

そういって勝祐がにらみかえすと了意は黙ってしまった。

永禄六年（一五六三年）九月末、上宮寺の僧徒を糾弾する手紙が本宗寺に届いたのだが、評議が始まったのは一月ほどたってからのことだった。

手紙の書き方からして、それは不審なものだった。

一向宗は、戒律を受持せずして女犯をゆるし、斎食を行わずして肉味を喰らい、仏尊を汚し、また神明を穢したり、というのである。

たしかに教義のうえで僧侶に肉食妻帯を認めているのは真宗だけなのだが、これを他宗から批判されることはまれであった。

法然（法然房源空）が生きていた頃だから、このときより三五〇年以上も昔のことになるが、南都（奈良興福寺）や北嶺（比叡山延暦寺）の弾劾は、しだいに激烈なものとなっていった。

日蓮が遺した記録は、かなり自由に要約改変したらしく弾劾状の原文とは異なるのだが、それゆえにわかりやすい。

それによると、南都や北嶺の学僧たちは、「源空は顕密の諸宗を土や砂のように軽んじて、智慧と修行を備えた高位の僧をアリや虫けらのようにないがしろにしている」と訴えていた。

その内容は、

本朝は神国であり百代の王は神の血筋をうけて世はその加護を仰いでいるにもかかわらず、専修念仏のやからは念仏のみを重んじて神を敬うことがない。

神々の本源は諸仏であって、伊勢大神宮、八幡、賀茂、日吉、春日らの祭神は、みな釈迦仏、薬師仏、阿弥陀仏、観音菩薩等が身を変えてあらわれたものである。だから、奈良薬師寺の行基、真言の空海、天台の最澄、延暦寺五代座主の円珍なども、みな神社において霊異を感じている。

これらの高僧までも源空におよばないというのか。魔界に堕ちるべきだというのか。

といった調子である。

法然は常に自讃して「ひろく釈尊一代の聖教を見て知っているのは私だ。よく八宗の微細な点まで詳しく理解している者は私である。その私が諸行を捨てるのだ。ましてや余人にあっては、なおさらそうすべきだ」と主張し、「法華経を読む者は地獄に墜ちる」「もし神明を恃(たの)めば必ず魔界に墜つ」と広言していたという。

その法然が弟子の親鸞とともに流罪となり僧籍を失うことになるのだから、肉食妻帯して戒律を破ったことなど小事にすぎないといえば、そのとおりだろう。

ところが、問題はそう簡単ではない。

他宗では本院こそ女人禁制を守っていたが、ひそかに里坊に女を囲って隠し子をもうけていた名僧智僧は少なくなかった。弟子と妻子で遺産を争うこともあれば、弟子となった嫡男を「真弟」と呼んで公然と跡目を継がせるようになっていたのである。出家した上皇たちも、院政期には公然と子どもをもうけていたくらいだった。

そもそも国家が官僧を取り締まっていた古代においてすら、戒を守る者は少なく戒を破る者が多いという状況で、中世になると女犯は公然と行われていた。

だから、南都や北嶺の学僧たちも、難しい修行を捨てることは咎めることができたが、不淫(ふいん)の戒律を守っていないことを非難するには、法然の教えにそむいて放埒(ほうらつ)に走り実際に問題行動を起こした弟子を処罰したうえで、そうした問題行動を助長するおそれのある教義を説いていたという文脈でふれるしかなかったのである。

末法の世で戒律を守る人に出会うこと自体がまれなことであり、あたかも市中で虎に遭遇するようなものだという「末世の持戒は市中の虎なり」を、親鸞は「すでにこれ怪異なり」として無戒を説くが、たとえば「いと珍し。ありがたきかな」という立場、たとえ少数派になろうとも信念を持って持戒し修行をすすめるべきだという考え方があった。

ゆえに、さきの南都の弾劾（興福寺奏状）でも、「無戒破戒なる、自他許すところなり」と末世の現状を認め、かつ「持戒の人なきにあらず」と暗に法然は持戒の聖人だと認めている。そのうえで、仏法を滅するおそれのある危険な新しい宗派を立てたといって、これを批判しているにすぎない。

想像をたくましくすれば、起草した解脱坊貞慶は、少納言右中弁藤原貞憲の子として生まれた貴族出身の学生として寺に入ったのであったから、それほど苦労して修行した経験はなかったに違いなく、法然の説く易行の教えも教学として理解するのに抵抗はさほどなかったのであろう。

他方、寺の実務雑務を担う堂僧として日夜厳しい修行に耐え、競争を勝ち抜くことで居場所を確保してきた底辺の僧侶たちからすれば、これまでの自分たちの努力を全否定するかのような法然の教えは絶対に許せなかったに違いないのである。

現場のたたき上げの宗徒たちから突き上げられて、やむなく貞慶は奏状を起草するに至ったのだろう。法然らの個人攻撃を避けているのは、たとえ貞慶本人は戒律を守る良心的な人物であったとしても、まわりにいる貴族出身の者たちがすでに破戒僧だったからである。

また、これより約百年後に越前の天台僧が書いた「愚闇記」になると、真宗を批判するだけでなく、天台・真言も学問が衰退し陰陽師を多用し威儀作法を守っていないと自己批判している。

宗派は不明だが寺では飲酒や酒の販売も行なわれていたようで、僧侶にふさわしくないと非難しているくらいだから、越前のような田舎では隠し妻をもうけた破戒僧が目にあまるということがなかったのだろう。それで「肉食不浄をもいましめず」と真宗の教義だけを批判したのかもしれない。

そうだとすると、戒律があったところで守られていないという現実があるにしても、戒律はないよりあったほうがよい、それで一応の歯止めになっているという考え方である。これは、宗教家というよりも、法律家か為政者の考え方に近い。

それが、江戸時代になると状況は一変した。

秀吉も、女犯肉食を禁止して破戒僧を放逐するよう寺に命じたことはあるようだが、江戸幕府は、還俗させるだけでなく、市中引き回しのうえ獄門、磔(はりつけ)、遠島などの死罪をふくむ厳罰で臨んでいる。ただのタテマエでしかなかったはずの不淫の戒律が、各宗派ごとの寺院法度に定められたことで、おそらく歴史上はじめて厳しい取り締まりの対象になったのである。

「よりにもよって、こんなことをつけ加えるとは。信じられん」

勝祐は首をひねるばかりだった。

「ですが、あの酒井の家です。やはり雅楽助(うたのすけ)も……」

と言ったのは、勝祐の息子の信祐である。文書は、筆頭家老である酒井雅楽助正親の名前で出されていた。

——やはり、みなにも説明しておくべきか。

と勝祐は決断した。面倒なことになりかねないが、やむを得ないだろう。

「あれは善徳院が二十歳のときだ。雅楽助の親父は岡崎の殿さんを曹洞宗に帰依させようと企てたことがある」

松平元康は、さきごろ名を家康と改めたばかりだが、善徳院とは家康の祖父の松平清康のことであった。

「元旦の夜、善徳院は初夢を見た。それは、何か黄金色にかがやく字を左手に握る、そんな夢だったという。それを雅楽助の親父が聞きつけて、そのころ龍渓院に滞在していた田原の長興寺の模外惟俊を城に呼んだ。惟俊は言葉たくみに善徳院をあやつり、手に握ったのは是の一字だと信じさせたのだ。そして、是の字は、日と下と人の三字からなる、日の下の人とは、すなわち天下人のことで、これは吉夢だ、是の字を握るということは、向後、子か孫の代には必ず天下を取るだろうと解いた」

「禅僧づれのやりそうなことよ。こざかしい真似をしおって」

と信祐が吐き捨てるように言った。

「それで善徳院は惟俊のために一寺を建立した。それがいまの龍海院だ。惣領が禅に改宗したので、そのままなにもなければ龍海院が松平宗家の菩提寺になるところだったのだ。ところが、檀縁を切られたと知って大樹寺の和尚が異議を申し立てた。和尚が大樹寺を出て末寺、大浜の清城院に引きこもるという大騒ぎで、ついに善徳院もあきらめ、浄土に復されたのだ」

かれこれ三十年以上も昔のことだから、この話、坊主分でも知っているのは勝祐くらいだろう。

「それで、龍海院の大檀那だが、親父が亡くなったいまは雅楽助というわけだ。菅沼藤十郎というのはわからんが、菅沼といえば野田の泉龍院の大檀那だ。これは曹洞の禅宗つながりだな」

「それで、この書状にある一件は事実(まこと)なのですか」

と話を戻したのは、本證寺の空誓である。

この事件は穏便に解決したい、戦にはしたくないと思っていた。

実際、その背景はともかく、事件そのものは単純だった。

新しく造った砦に籠める兵糧米が不足しているから徴発するといって、干していた籾米を上宮寺の寺内町から菅沼藤十郎の手の者が勝手に運び出してしまったのである。諸役免除、守護使不入の特権を侵されて怒った門徒衆は、大勢で藤十郎の屋敷に押し入り、手に手に持った棒で郎党の刀をはたき落としては婦女子に至るまで激しく打擲し、屋敷内の雑具や米穀類を奪っていったという。

それで、ちょうど登城していた藤十郎が酒井に泣きついたという次第であろう。

——およそ僧徒は柔和忍辱(にんにく)をもって体とし慈悲をもって心とし、衆生を利益(りやく)することこそ出家の所為なるに、上宮寺の僧徒は無罪の男女(なんにょ)児童を打擲する。これ僧徒の法なるや否や。

という書き出しで始まる手紙は、肉食妻帯の教義にまでおよんでいた。

「なにも人を殺めたわけではないのだ。書状には、家内に乱入し財宝を奪い取るは盗賊のたぐいたるべしとあるが、それも大げさに過ぎる。盗られた分を取り返しただけだ。そもそも、それほどのお宝などありゃせんわ。盗ったというのが本当なら、盗んだ物は返す。子細によっては盗人を引き渡してもよいのだ。制戒にも盗みはいかんと書いてあるし、盗賊引き渡しは不入の権を侵したことにならん。子細を問うことなしに大上段にたってもの申し、聖教を誹法(ひぼう)するから、我慢ならんのだ」

と信祐がいっきにまくしたてた。

――たしかにおかしい。負傷の程度とか盗まれた物の詳細とかに、いっさいふれないのはなぜだ。

と空誓も思ったが、売られた喧嘩を買うのは、おろか者のすることである。

「ここに、所存あらば謹んで言上し、裁許なくばそのときは是非なく剛毅の沙汰にもおよぶべきか、とあります。これが、この書状を書いた者の本音ではないでしょうか。要するに、さきに、ひとことあれば、悪いようにはしないから、問答無用とばかりに手荒なまねはしないでくれと、お願い申し上げているのでしょう。そこのところをくんでやれば……」

「剛毅の沙汰にもおよぶべきか、のあとに続けて、これすら僧徒の行跡にあるべからずとある。坊主どもは、おとなしく沙汰を待っておれということだ。お願い申すにしては、えらく強気だな」

と信祐は冷笑すると、話を変えた。

「上宮寺だけではないぞ。その書状が届いたあとのことだが、さきごろ本證寺でも、干していた米を馬で踏み荒らされて喧嘩になったことがある。寺内の商人で鳥居某とかいう富裕の者だが」

馬に乗った若い侍が通りかかったとき、なにかに驚いて馬が暴走し、米を干していた莚を数十枚も蹴散らしてしまった。

それで、立腹した鳥居が「いかに御侍といえども、古語にもあるとおり一粒の米に百千の労を積むもの、上下万民の命をつなぐ穀物をかくも踏み散らさるるとは、はなはだもって狼藉なり」と大音声で一喝したものだから、逆ギレした侍が「じじい、聞いたふうなことを、ぬかしやがって」と引き返してきたのである。

「それで、みなでもって棒を振りまわし礫を投げて追い返したところ、夜になってから意趣返しとばかりに鳥居宅に一四、五人で押し入り、助けに入った者までさんざんに殴られたばかりだ。よって、また同じようなことがあれば、必ずや、その報いをうけさせてやろうと、みなで決めておる」

「そんなことが……」

空誓は、まったく知らなかった。

「寺内で騒ぎになっても、寺の奥は静かですから」

とは円光寺の順正。空誓の警固役である。

「わしは、これを雅楽助が書いたとは思わん。どこかの禅僧ずれが雅楽助の名を騙って書いたものであろう。なにしろ使者に持たせず、投げ込んでいったというのだからな、それも上宮寺ではなく、本宗寺に。騒ぎを大きくしたいのだろうが、その手には乗らぬ。それが賢明であろう」

と勝祐は話をまとめたが、

「それですむ話かな。これは」

と言ったのは、上野城主の酒井将監忠尚だった。

「そもそも、佐々木に砦を築いているのは何のためだ」

「それがわからないのです」

と勝祐は認めた。

「上宮寺の付け城ではないのか」

「寄せてくると申されるか。まさかそんな……」

「書状の件なら、雅楽助は知らぬと申すだろう。されど砦となれば、岡崎一の重臣が知らぬではすむまい」

みんな考え込んでしまった。誰も発言する者がいない。

沈黙を破ったのは空誓だった。

「なにゆえ岡崎どのが戦を仕掛けてくるというのです」

「この書状のとおり。われらのことが嫌いなのでしょう。御坊はご存じあるまいが、嫌いな者は、とことんいじめぬく。それが三河という国です」

異様な雰囲気だった。この「われら」というのは本願寺門徒のことでない。酒井将監は浄土宗だった。しかし、この老武士の言葉に重みを感じない者など、ここにはいない。それは周囲の者の反応で、なんとなく空誓にもわかった。

「拙者などは、かつては織田と通じていると憎まれ、いまは今川と通じていると憎まれておる身。なにゆえ、そのようなと思案されることでしょうが、とにかく異を唱える者を除けておきたい、ただその一念でもって仕分けしてしまいおる。かたがたのように平座になっての評定など決してやらん。ただただ、異見は除けておきたいようですな」

といって将監は笑った。

「門徒衆のことが嫌いだから戦になると、そう申されるのですか」

空誓には、そこがわからない。

「三河では、士分であろうが出仕のあいまには田畑の手作りを欠かさぬもの。また、そうでなければ生きてはいけぬ。それで、田仕事の苦労がわかる。苦労がわかるゆえ百姓は好いておる。好いておれば、こちらから戦は仕掛けられぬ。されど、嫌いなら……」

と、ここで将監は言葉を切り、みなが考えるのを待ってから、こう言った。

「われらから手を出すように仕向ける。それでやむなく応戦したとなれば、それが戦の大義となりましょう。それを見越したからこそ、あらかじめ砦を築いておったのだと申せば、恩賞にもあずかれる。それで、戦に勝ったあとなら、新規に矢銭を課すのも、不入の権を取りあげるのも思うがまま、寺内はしたい放題になりましょう。それを雅楽助め、狙っておるに相違ない。かくいうそれがしの上野の城にも、この六月から松平三蔵が付け城を拵えておったが、これも上宮寺と同じく、むこうは戦を望んでおるからに違いない。この期におよんで、もはや疑うことなどなにもありませんぞ」

二

上宮寺・本證寺・勝鬘寺の三ケ寺に加えて、本宗寺には、願正寺・浄妙寺・正法寺・慈光寺・無量寿寺の五ケ寺の門徒衆が集まり、評定を重ねた。

「去年、平坂の寺内には不入を許されたばかりではないか。いったい、どうなっておるのやら」

と無量寿寺の門徒は不思議そうに話していたが、願正寺の末寺の門徒が、

「岡崎どのが駿府に御在府のおり、御家中のかたがた、はなはだしく困窮しておられたが、その際には三ケ寺、五ケ寺より分限(ぶげん)に応じ合力したものを、かかる恩を仇で返すなされよう、もってのほかである。こ

の儀においては、いたずらに止まるべきにあらず。かくなるうえは、本寺末寺の僧侶門徒をあいさそい申し、仇を報い、宗門の恥辱をそそぐしかなかろう」

と提案すると、一同おおいに納得のいくところであったので、これをもって衆議一決した。

こうなると、さほど戦闘的でない者も備えあれば憂いなしという考えになったので、酒井将監の薦めに従って、三ケ寺と本宗寺にはぞくぞくと門徒衆が集まり、堀を深く直し武器を買いこみ兵糧米を運び入れるという大がかりな戦支度が始まったのである。

守りを固めるだけで、こちらからは絶対に手を出してはならない。とはいうものの、もちろん敵は松平家康である。

――はたして、これで、よかったのだろうか。ほかに手立てはなかったのだろうか。

と思うと、空誓は不安でならなかった。あろうことか三河本願寺軍の総大将にされてしまったのである。

「戦には総大将が要りますな」

と酒井将監が口火を切ると、勝祐の反応は早かった。

「それは空誓さまをおいて、ほかにはおりません」

「わたしが……」

「左様。最も深く血脈を受け継いでおられる。われら門徒を正しくお導きくださることでしょう」

「三河のことは、まだよく知りませぬ。岡崎どののことも、なにひとつ」

「さようなことは、いくらでもお教えいたしましょう。戦の仕方なら将監殿のほかにも、あまた歴戦の勇士がそろっておりまする。空誓さまには、これまでどおり門徒衆に弥陀の教えを説いていただければよいのです。われらが迷ったり戦が苦しいときには弥陀のほうからお助けくださいましょうぞ」

と勝祐はいう。

「ほかのみなさまは……」

かまわず勝祐は話を続けた。

「本宗寺の証専さまは播磨におわします。空誓さまが三河に来られたからには、われらなどの出る幕はありませぬ。はるか昔、亡き父が三河にまいり勝鬘寺に入りましたときは、綽如（しゃくにょ）上人の血を引く者として三河ではじめて一家衆の御坊ができたなどと申したわけでございますが、蓮如上人のまえに分かれた末の一家衆ともなりますと、血縁と法縁は違うという時代（ころ）でしたから、なかにはいつのまにか時宗に転じた御坊すらありましたような、開山聖人の教えを忘れておったというあわれな次第でして、三河では上宮寺を継いだ拙僧で綽如上人より数えて六代目、勝鬘寺を継いだ兄のほうに目を向けますと、いまの住持の了順、この若い了意などはさらに縁遠くなりますが、なにより拙僧などは父方の祖父が綽如上人の血脈なのでございますが、祖母は勝鬘寺の住持の娘でございまして、本当のところはこの祖母のほうが開山聖人の教えに詳しかったりするものでして……」

「わかりました。わたしでよろしければ、お引き受けします」

これでは致し方なかった。空誓はあきらめるしかなかった。

「それでは戦になってしまうぞ」

と石川数正は、家成にいった。石川日向守家成はいわば次席家老といった立場にあって、数正の叔父になるが、歳は数正のほうが一つ上になる。

「それこそ、なんども申し上げたのだが、殿さんに雅楽助を止める気はないようだ」

というと、家成はなにか思い出したようだった。笑っている。

「殿さんが鷹狩りに出たとき、遠くの山裾に男がいてな。その男、殿さんにむかって立ち小便をしたそうな。どうせ馬方か、いかだ流しの人足ふぜいであろうが、殿さんが怒って、あれを討ち留めよとの仰せだ。何人かで追いかけたが土呂の本宗寺に逃げ込まれ、門前で寺の衆と小競り合いになると、追手のほうが逆に逃げられなくなった。それで、上和田から助けを呼ぶ騒ぎになったことがある。殿さんも、門徒衆のことは、よく思っておらんのだ」

「佐々木の砦から兵を引くだけでよいのだが」

「だから、それでは弱腰に過ぎると雅楽助が申すのでな。このままでは坊主どもが増長するばかりだ、ここで引いてはいかんのだと申しおって、それに殿さんが同心したとあっては、もはやどうにもならん」

「そもそも、なんのために砦を拵えたのだ」

「雅楽助によれば、上宮寺に不穏な動きがあると密告した者があったとかで、ほれ、みなの衆、ごらんのとおりでござるよと、自慢しておる」

「あんな近くに兵を置いておれば、なにかあれば喧嘩では収まらんぞ。それこそ戦になってしまう。さきに手を出したはどっちだなどと、そんなことは、あとから詮議したところで、もはや手遅れ。どうにもならんのだぞ」

家成は黙ってしまった。数正の腹立ちはもっともだが、どうにもならない。

「それより、大親父はどうする」

数正も、それは考えていた。家督は家成が継いでいるが、石川家を代表して寺にもの申すときの頭人（とうにん）となると、そうはいかない。

「いずれ決着は付けないといけないと思っておったところだ。今川が仕掛けてくるかもしれない」

「ここで今川が。なにゆえそのような」

「酒井将監どのだ。まるで軍師のようだというではないか」

「いまさら今川の味方をするとは思えんが」

「将監どのは質を取り戻しておらぬ。さぞや業腹であろう。成り行きでする戦であろうが、敵が殿さんなら、それでよし。息子の嫁と孫が助かるなら、なんでもする気だ。そこに今川がつけこむ」

「裏で今川と手を組んで、門徒衆をそそのかしているというのか」

「それは違う、いまのところはな。されど、本当に大きな戦になれば、さきのことはわからなくなる」

家成はしばらく考え込んでいたが、覚悟を決めたようだった。

「それは門徒衆も同じだな。よし、わしは宗旨替えするぞ。殿さんと同じ浄土宗に改める」

数正は、はっとした。そこまでは考えていなかった。

「信心がからめば、大親父たちはどう出るかわからん。もともと今川頼みだ。織田と同盟（よしみ）を結ぶなどとんでもないことだと腹のなかは煮えくりかえっておろう。これまで親子兄弟で斬り合いにならなかったのが不思議なくらいだったのだ。それが、こたびの件で戦になるなら、それこそ好都合というもの。門徒衆が手を貸して、わしとおまえを始末してくれる。それでいて石川の家は安泰、おまえの親父の隠居を取り消せばよいだけだ」

「それなら、わしも覚悟を決めた。石川の家は二つに割ろう。お城に付くか寺に付くか二つに一つ、ひとりひとり、よく思案して覚悟を決めたらよい」

――だが、忠義をたてにとって改宗させるのはよくない。

「されど、信心は別だ。破門されたら仕方ないが、それまでは門徒衆のひとりとして、殿さんに味方する。そういう門徒がいてもいいはずだ。それと家の菩提寺、蓮泉寺は、なにがあろうと守る。みなにもそう申しておきたい」

「よし、わかった。宗旨替えは、あくまでもわしひとりの信心のこと。ほかの者は、門徒であろうがなかろうが、お構いなし。ただし、寺に味方する気なら、ただちに石川の家から出ていってもらおう。もちろん、どちらに味方しようが、蓮泉寺を矢玉の飛び交うところにしてはならない。以上、必ず守るべし」

というと、家成は笑った。ひさしぶりにすっきりとした気分だった。

三

家成が改宗し、門徒総代ともいうべき石川の家が二つに割れたという話は衝撃的だった。いよいよ戦になると覚悟した者が増えて、緊張はさらに高まった。

門徒のまま家康に付くという数正の決断には批判が集中し、ただちに破門すべきだという意見も出た

が、

「わたしは御同行を信じます。いまは攻め方のなかにいても、まこと戦が始まり死人（しびと）がたくさん出るような仕儀に陥れば、ただちに行状を改めるでしょう」

と空誓が反対すると、異議を唱える者はなかった。


勝鬘寺の西約二キロのところに土井城があった。本多豊後守広孝の城である。家康は、ここにも兵を入れて戦力を補強し、広孝を司令官とした。広孝は門徒だったから、一〇歳になる息子の彦次郎を質として岡崎城に入れた。

「殿さんは、この与七郎からも質を取るおつもりか。わしも一向門徒ですぞ。豊後と同じ一〇歳の愚息もおりまする」

数正は、家康に詰め寄った。とても我慢できなかった。

「要らん」

「では、なにゆえ豊後だけが」

「あの城、寺に近すぎる。そうでもせんかぎり、加勢にもらった者ども、働かんそうだ。豊後が泣きを入れてきたから、聞き届けたまでだ」

「お味方から、さようなことまで……」

事態は想像以上に深刻なようだった。

「それからな、与七郎、この際だから申しておくが、こたび今川に質を入れた」

「質を？」

——去年、妻子を取り戻したばかりではないか。なぜだ。

「竹谷、形原、深溝、西郡が手薄だ。今川が寄せてきたとき援兵を送る余裕がない」

そんなことは承知のうえで仕掛けたはずではないのか、あまりに無策に過ぎるでしょうとは言えなかった。とっさに口を突いて出たのは、批判よりも心配する言葉だった。

「して、どなたを」

「松平源三郎勝俊」

聞いたことがなかった。

「知らぬはずだ。一二で、このほど元服させたばかりだからな。わしの弟だ」

はて弟などいたのかと、考えるのに時間がかかった。

「もしや久松の……」

「そうだ。母上と佐渡守とのあいだにできた子だ。松平の名乗りを許した」

家康の異父弟である。返す言葉がなかった。

「佐渡守が西郡の城に入れた兄のためにもなる。これも元服させたところだ」

この兄というのも於大との子である。同い年だから双子のはずだった。双子の片方が城主となった城を守るために、もう片方が人質になる。

「なんと申し上げたらよいやら、言葉がありませぬ」

「案ずるな。これも当世の倣い。致し方ないことだ」

そういう家康の表情からは、なにも読み取れなかった。

四

「なにゆえ門徒の衆と戦わねばならぬのですか」

という築山殿の問いかけは意識してか穏やかな物言いではあったが毅然たるものだったから、石川数正も自然とその答えには慎重になった。

「門徒に限らず、公に背きまいらせる動きあれば、これを鎮めるまでのこと。濫觴、すなわちいかなる大河も、その源は、たったひとつの觴にあふれるほどの小川であると申しますのは、古くからの誡めでございましょう。けっして軽んじてはならぬのです」

――しかし、これが本題ではあるまい。

「とはいえ、そのようなお話のお相手に、それがしをお呼びになったわけではないのでございましょう。なんなりと御用の向きを、この与七郎にお申し付けくだされませ」

と努めて軽い調子で付け加えると、多少は築山殿の緊張も解けたようだったが、それでも、

「これまでも多少の諍いは、あったことでしょう。それを今になって、ことさら咎め始めたのは、なにゆえのことなのか尋ねたのです」

と堅い調子は崩さなかった。

「それで、与七郎、話というのは、大方さまのことです。このほど二の丸を出て三の丸に移られました」

——田原御前が……

家康の父である松平広忠の正室は、田原城主であった戸田康光の娘で、田原御前と呼ばれた真喜姫であった。彼女は夫を亡くした後、嫡男の家康が岡崎城を出されて駿府にいた頃から今まで、今川家の城代が支配する岡崎城に留まり、ひっそりと暮らしていたのである。

「大方さまは、いやしくも殿さまのご嫡母であらせられる御方。城主の一族が住むのは二の丸、三の丸は家来が暮らすところでしょう。なぜです」

数正には答えられない。

「ご生母とはいえ、阿古屋(あこや)の方は離縁され松平の家を出た方ではありませぬか。しかも今は留守居役の久松佐渡守の細君でしょう。二の丸を出て三の丸に移るべきは、家来の妻である阿古屋の方ではありませぬか」

——理屈で考えればそのとおりだが……

家康は三歳のときに母と引き離されて、母親というものを知らずに育った。母と再会したのは、桶狭間の合戦の直前である。その後、妻子を駿府に残したまま岡崎城に復帰した家康が、身の回りの世話など奥の差配を、田原御前ではなく、実母の於大の方に頼んだのは自然な成り行きであった。於大が二の丸に入ったから、その夫を留守居役に据えたようなものである。だから、久松佐渡守俊勝も、ただの家来というわけにはいかない。その息子たちは松平の名乗りを許され、ひとりは駿府で人質になっている。

「実家(さと)の力に差があるからですか。水野や久松は兵を出せる。されど今の戸田に昔のような力はない。それでご嫡母は二の丸を追い出されたのですか」

「それは違いましょう」

築山殿の父の関口親永は、今川氏真に切腹を命じられ、自らの屋敷内で夫婦ともに自害したというのは、昨年の人質交換のわずか数ケ月後のことであった。

「私などの実家はね、与七郎、ないも同然です。そのうち私も、三の丸か東の丸あたりに、あるいはお城の外に出されてしまうのでしょうね」

「そのようなことは決してありませぬ。御台さまは、若さまや姫さまとともに、末永く二の丸でお暮らし頂くことになりましょう」

というと、数正は笑顔をつくった。

「よもや、本気で、かようなことを案じておられるわけではありますまい。なにか、ご懸念のことがおありなのでしょう。お聞かせくだされ」

そうは言ったが、築山殿の言葉も半分は本気なのだろう。だが、聡明な女性である。築山殿もかすかに笑うと、一転して穏やかな口調に変わった。

「私が案じているのは、家中の者どもの疑心です」

「さて、疑心とは」

「大方さまの娘婿、荒川甲斐守(かいのかみ)に叛意ありと疑う者がおるのでしょう。それで大方さまを三の丸に出してしまった」

田原御前の娘である市場姫は、荒川城主の荒川甲斐守義広(かいのかみよしひろ)に嫁いでいたが、荒川氏が今川に通じていると信じる者は少なくないに違いない。

数正も、そう思ったが、それが表情に出たのだろう。

「おそらく、そうなのでしょうね。腹違いとはいえ殿さまの妹君であるのに、その夫が信じられないのでしょう。人を疑ってばかりです。なにしろ本多豊後守のお子も、今やお城住まいですものね。譜代の臣ですら信じられぬとは、どういう家なのでしょうね、松平は。このさきが案じられてなりません」

これは恐縮して拝聴するしかなかったが、ふと疑問に思ったことがある。

――この話、殿さんにも……

「そうです、与七郎、もうわかったでしょう。あの夫は私の話など聞く耳は持ってはいないのです。だから、おまえからも話しておくれ。これは大事なことですからね」

数正は黙って平伏したが、それは築山殿の寂しそうな顔を見ていられなかったからでもあった。幼いときから側近くに仕えた数正でさえ、家康が何を考えているのかわからないときが多かった。ことさら無表情を装って、人の言うことを黙殺することも少なくない。

「それから、柏原鵜殿氏の娘のことがあります」

築山殿の話は続いていた。

柏原城主の鵜殿藤助長忠は、上ノ郷城が落城した際に駿府に落ちのびたが、ほどなくして家康に降り、娘を人質に差し出していたのである。その娘が、あたかも家康の養女であるかのように岡崎城の二の丸に暮らしていた。

「あの娘を殿さまの娘として、どこぞの大名家に嫁がせたいのです」

すこしだけだが話に間があいた。おそらく言いにくい話だなと数正は見当をつけたが、そのとおりだった。

「あれを殿さまのおもちゃにしてはなりませぬぞ。いちどでもお手を付けたのなら室にすべきなのです。手を付けておいて家来に下げ渡すなど、あってはなりません」

「まさか、そのような」

「あり得ぬと返答できますか。あの夫（ひと）も男ですからね。されど、どこぞの大名家に嫁がせるとなれば、手を付けるわけにはいかないでしょう」

――それを案じているのか……

「勘違いしてはいけませんよ、与七郎。私には妬心などありません。側室は何人いてもいいのです。案じているのは、家来の妻にすることとです」

数正には、話がよくわからなかった。

「私の母は、桶狭間で亡くなられた治部どのの妹君とされていますが、じつは井伊直平（なおひら）の娘です。直平が今川に降ったときの証人です。いわば鵜殿の娘と同じような身の上だったのです。それが人の噂とは、なんと残酷なものでしょう。治部どのの室になっていたともいわれていたのです。もちろん関口の家では、そんなことは信じていませんでしたが……」

「ご懸念のこと、この与七郎、しかと承知いたしました」

数正は頭を下げると、そろそろと退出しようとしたが、まだ話には続きがあった。

「ほんとうに側室は何人いてもいいのですよ。されど、このお城は狭すぎていけません。狭いところに侍女（おんな）がたくさんいると、なにかと揉めることが多くて困ります。竹千代の嫁を迎えるときには、私、二の丸はもちろん、いっそのこと、このお城から出てもよいのです」

そういう話を始めた築山殿は楽しそうだった。

「肝心なのは東海道です」

「さて、それはどのような」

「昔、このお城は、菅生川の向こうの明大寺にあったのですよね。それであればよかった。東海道を下ると、矢作の宿を出て、すぐのところにお城があったでしょう。それが今では、京と駿府を行き来する方々がたくさんいらっしゃるというのに、岡崎を素通りしてしまう。私には、それが残念でなりません。いっそのこと東海道を川のこちら側に付け替えたらよいのです。そうしておいて、当家では、みなさま方を御馳走屋敷でもっておもてなしすればよい」

「御馳走屋敷ですか」

「そうです。屋敷は川沿いではなく、高台にないといけません。今だって総持寺が尼寺でなければ、そこにお泊めして馳走もできるのですけどね」

築山殿の話は続いたが、そういった話なら聞いている数正も楽しかった。しかし、わが主君、家康であれば、こういった話を妻から聞くのは、面倒なだけなのかもしれない、そう思いもしたのである。

7――死闘

一

家康は本證寺に使者を送った。兵糧米を百俵ほど貸すよう正式に命令するためである。

空誓は即答した。

「お断りします。当流がこの地で代々受け継いできた諸役免除の権、ここで手放すわけにはまいりません。御同行の暮らしは貧しく、豊かな者はほとんどいません。その貧しい者から、お志をいただいて寺をまかなっております。それと、豊年の年に返すから貸せとの仰せでございますが、そんな曖昧なお約束で、これまでに貸して返ってきたためしがあったでしょうか。新規諸役を課されたと同じことです。民が餓死するのを免れんがため、慈悲をもて米を是非にと仰せなら、すすんでお出しもいたしましょう。されど、戦をするから米を出せとは、承伏いたしかねます。当寺なんぞに米を借りにこられるようでは、その戦、すでに岡崎どのの負けでございましょう。そんな戦、やめたらよいのです。お引き取りください」

やむなく使者が帰ろうとして寺を一歩出たときのことだった。門徒がいっせいに騒ぎ出した。

「そうだ。戦なんかやめろ」

「いっそ負ければいいんだ」

「来る寺がちがうぞ。龍海院に行け」

「そうだ、龍海院だ。われらの道場を見てみろ。龍海院に比べれば、掘っ立てだ」

「あばら屋だ」

「そうだ、そうだ。道場にあるものなんて、ご本尊の掛け軸一枚だけぞ」

「米が要るなら、龍海院を壊せ」

「左様。あの寺をば、たたき売れ」

「もとは、われらの年貢ではないか。それで建てたものじゃ」

騒然としてきたが、まだ使者に手を出す者はいなかった。

そこへ一人の男が進み出てきた。干し米を馬で踏み荒らされたという鳥居某であった。使者のまえに頭を下げて商人らしい慇懃な礼をとったので、みな静かになった。もとは武士だったというが、それらしい落ち着き払った態度だった。

「ご使者の方はご存じないかと思案いたしました次第で、この際、ひとこと申し上げておきまするが、米ならいくらでも伊賀守の屋敷に隠してありまする。ぜひ伊賀守の屋敷をお改めくだされませ。と、かようなことを、伊賀と同じく鳥居を名乗る者が申しておったとご上申くださいますようお願い申し上げまする。このこと、このあたりの商人(あきんど)ならたれでも存じておることでございます」

すこしばかり奇妙な間ができたが、ふたりの使者は顔を見合わせると、いそいそと立ち去った。

門徒の一人が鳥居に声をかけてきた。

「あんなこと告げ口して、おまえさん、大丈夫か」

「借りにきたのは、米は米でも兵糧米ではない。食うのではなく売るためだ。銭を貸してくれと頼みに来れば貸してやったものを、居丈高に兵糧米を貸せと迫るから貸せなくなるのだ。殿さんは、まだ若い。世の中のことが、なにもわかっておられぬ。ならば、鳥居の一族で始末を付けることにしようと、これはわしの一存だがな、とっさにそう思ったのさ」

「へえ、そうなのかね。たしかに借銭とか借米を頼みにくれば、利を取って貸してやれたかもな」

「如光が生きておれば、ご妻女の如順、あるいは娘子の如慶でも生きておれば、たとえ押し借りであろうと、返ってこないと覚悟を決めて、銭は出したかもしれぬ」

そう言われて、はてそうだろうかと男が考えていたのは一瞬のことだったのが、いつのまにか鳥居はいなくなっていた。

――伊賀守の屋敷に隠してあった米を取りあげてしまえば、それで一件落着だろう。これで寺内は安泰だな。銭を出すまでもあるまい。

と男は思った。

しかし、この使者のうち一人が岡崎城に帰らなかったのである。

どこかで殺されたらしいという噂が流れると、すぐに殺したのは誰々だという尾ひれが付いた。門徒の誰かだと話す者が多かったが、なかには鳥居伊賀守の手の者ではないかという者さえあった。

もっとも、鳥居伊賀守忠吉が米を提供し、「日々の暮らしにも困窮していた苦しいなかを、倹約に心血をそそぎ、よくこれだけの蓄えをしたものだ」と家康が称えたという話がひろまる頃になると、使者を殺したのは本證寺の門徒だという話が定説になっていった。

「なにかよい考えはありませんか。戦は避けたいのです」

と空誓は尋ねたが、誰も発言する者がいない。

しばし沈黙が続いたが、やがておもむろに、

「使者を殺してしまったとなると、どうにもならぬ。敵は大義名分を手に入れた。ならば、覚悟を決め、先手を取るのみ。いっそ、いまのうちに打って出てはいかがか」

と酒井将監が提案した。

「それはいけません。こちらから戦を仕掛けるなど、あってはなりません」

「守るだけの戦は、これすなわち負け戦となりましょう。じわじわと力を失ってから、和議を請うても、もはや手遅れ。持てる兵をすべて緒戦に用いる。岡崎に不満を抱いておる他宗の諸将に回状して加勢を頼み、みなでいっせいに攻めかかるしか、勝機はありませぬ。それでもって岡崎の城を陥とせば、お味方の大勝利。さすれば、三河も百姓の持ちたる国となりましょう」

将監が「百姓の持ちたる国」と言ったのを聞いて、空誓は仰天した。

――いったいぜんたい、そんなことを誰から聞いたのか。

もとは、空誓の祖父の同母弟である河内古橋の願得寺の住持、実悟の言葉である。学究肌の人で、父で

ある蓮如の事績をよくまとめ、膨大な資料を持っていたが、その大部分は本人のメモであって、誰にも見せていないはずだった。

――蓮如上人の法語、寺の行事や故実に関することであれば、今後、本にすることがあるかもしれないが、そのほかのこととなると……

だから、知っている者のいるはずがない。

空誓が知っていたのは、実悟本人から当時の話を聞いていたからである。空誓が生まれる前に父方の祖父は亡くなっていたから、その祖父の二つ違いの弟の実悟を見るたびに、祖父も生きていればこうであったろうかと懐かしく思って、よく会っては話を聞いていたのだった。

――まさか、順正が話したとは、とうてい……

三河で、この言葉を知っているのは、空誓から加賀の話を聞いた円光寺の順正だけであろう。順正が酒井将監に、そのような話をするはずがない。それは確かだ。

あたりを見わたすと、勝祐は目をつぶって、将監と空誓のやりとりをじっと聞き入っている。ほかの者もみな、固唾をのんで空誓の言葉を待っているようだった。

「大叔父のいう百姓の持ちたる国というのは、そう願ってできるものとは違いましょう。加州では、百姓等のうち強くなりて、たまたまそのような成り行きになったと申しただけなのです。それも、できあがったなどというものではなく、いまだに、えんえんと戦が続いておるのです。これが越州になると、当流は禁制となり、国中から御影様（親鸞の画像）が消え、門徒は開山聖人にお会いすることも叶わず、高田派の寺などで寺役を勤め、当流との縁を切った証しをたてねばならぬ仕儀となり、形だけ転派して隠れて御文を読んでいる有様です。さもなくば厳罰に処せられる。隠れるのがいやなら、もはや罰を甘受するか他国に逃れるしか信心を守る術はありません」

「だからこそでしょう。ここで負ければ、三河も越前のようになる。なにがなんでも勝たねばならぬ」

と叫んだのは、信祐である。

まるで、ここで空誓が決断しさえすれば、岡崎城への総攻撃が始まりそうな雰囲気である。

「勝てましょうか」

「一味同心すれば勝てましょう」

と将監は応じた。

あまりにも大きすぎる決断である。

しかし、正しい判断を下せるという自信が、空誓にはなかった。

「その同心する門徒のかたがたが少ないのです、少なくとも、いまのところは。岡崎どのにお味方する者が多すぎる。これが当流にとって、命をかけて手向かうしか逃れる術のない大きな法難と、みなが得心するだけのものがありません」

「では、寺に籠もり、敵が寄せてくるのを待つことにすると」

「そうするしかないでしょう、当面は。なにか戦を避ける妙案でもあればよいのですが」

「それなら、ひとつ策が」

といいながら酒井将監は、周囲の者を見わたした。

「下手人を出せばよい」

「されど、たれだかわからんではないか。じつのところ門徒かどうかさえ」

と信祐。

「たれでもよい。御坊が命じれば、その者が下手人となる。三河武士ならそうしましょう」

「たとえ武家の倣(なら)いはそうであろうとも、門徒であれば、みな御同行御同朋のかたがたです。たれかを身代わりにすることなどできません」

「それでは、ここで敵を迎え撃つだけですな」

「わかりました。それではわたしが指図したと名乗り出ましょう。さすれば、岡崎どのとて手を下した者まで咎めることはありますまい。わたしひとりで足りるはずです」

深く考えたわけではなかった。思わず口に出たのである。

「それは、いけません。わたしを、わたしを下手人にしてください。わたしを空誓さまの代わりに」

そう叫んだのは、順正だった。

「それはいかん。当流にあって、かような真似は決して許されん」

「空誓さまを、お護りするのが、わたしの役目です」

「心得違いもはなはだしい。如来が助けてくださるのだ」

といった空誓だったが、これは議論をまちがえたと思って言い直した。

「無垢(むく)の者を人殺しとして差し出すなど、おろかなことを考えたものだ。たとえ、わたしひとりのことであろうとも、坊主分ともあろう者が決して考えてはならぬことであった。もうやめにしよう。ほかに案がないなら戦に決するしかあるまい」

こうして空誓は開戦を決断した。しかし、やるからには防戦一方にはできない。

「それでは、門徒衆はおのおの四ケ寺に、武家は各人の居城に、それぞれ籠もり、緒戦は敵が仕掛けてくるのを待つにしても、時機を得たときは打って出る。かように決したということで、みなの衆、よろしいな。あとのことは、お任せあれ。どこをどう攻めるかなど、子細は武家にお任せいただきたい」

と酒井将監が議論を引き取ると、空誓たちは退席したが、勝祐は順正ひとりを引き止めた。

そして、小さな声でささやくように話を始めたのだった。

「さきほどの、おまえの覚悟には感心した。戦となれば向後、なにがあるかわからん。それが戦というものだ。だから、万が一、寺から落ちのびるようなことがあれば、そのときは、おまえが空誓さまの身代わりになれ。すでに往生定まっておる身だ。せいぜい暴れて敵をわが身に引きつけ、時をかせいで空誓さまを落とすのだ。ただし、このこと、くれぐれも空誓さまには内緒だぞ」

もとより、勝祐などに言われなくても、順正はそのつもりだった。

二

「すでに葬式は出したそうだ」

と家成は数正に言った。

「ほんとに死んでいたのか」

「それがなあ、門徒だった」

「名前は」

「本多弥八郎。享年二六」

「聞いたことがない」

「そうだろう。微禄の者だ」

――そうなると、過去帳で確認するしか手段がない。

「なにゆえ、そんな軽輩を使者に出した。しかも、わしより年下ではないか」

「一向門徒どもは、なにをしでかすかわからん乱暴者ばかり。殺されてもおかしゅうないが、同じ寺の門徒なら、まさか殺したりはせんだろう。万一、殺されたとしても門徒が一人減るだけのこと。それはそれで結構なことではないか」

「なんだと」

「雅楽助の申すことだ。わしも腹が立ったが、ぐっとこらえて、なるほどと相づちを打っておいたわ。雅楽助め、わしの顔色をうかがいながら話しおる。平気なふりをしとかんと、やはり信心は変わらぬものだなと決めつけてくる。じつは家中の諸士すべて、もれなく宗門改めをしておるところでな。大事な評定から一向門徒ははずせという話まで出ておるくらいだ」

「またか。織田のつぎは一向宗。人に色をつけるのは、いいかげんやめたらいいのだが」

「じつは、かなりまえから、そんな話は出ていたのだ。それで、わしも改宗する決心ができたというわけよ。石川の家の者がみな除け者にされてはかなわん。そうだろ」

「そうだったのか。それならそうと、いってくれたらよかったのに」

「いや、合点がいったのだ、跡目のこと。ああそうか、こういうことがいやで、わしに譲ったのだなと思うたのよ。いや押しつけたと申すべきかな。重臣の役というのが、こういうものとはなあ、知らなんだよ。近頃は、おまえのお役目まで、すべてわしに押しつけておるではないか。殿さんにも、ぜんぜん会っておらぬ。そうだろう」

「そうではない。織田と同盟を結ぶまでは、たとえ強引といわれようとも、わしが引っ張っていくしかないと思うていたのだが、やはり席次のとおり叔父上を立てるべきだと反省したのだ」

「叔父上などと、どの口が申すものやら」

と家成は笑ったが、ここで突然、話を変えた。

「ところで、相談がある。わしに妙な噂が出ている」

「どんな噂だ」

「日向守は、織田の手引きで変な軍配者を岡崎に引き込み、殿さんに改名を決意させたという。ここまではよい。ここまではよいのだがな、その際、家成の家の一字を用いるよう小細工したというのだ。噂を聞いた者どもからは、なんたることか、家臣の分をわきまえぬ所行だ、増長しておると、陰で非難されておるらしい」

「まさか」

「その、まさかだ。一字を賜るなら、わしのほうだ。こんなことなら、いっそのこと家成を改め、康成にしようかと思っている、どう思う」

「やめたほうがいい。そんな噂、相手にするな」

「では、こういうのは、どうだ。一字を賜ることは同じだが、殿さんの改名に合わせて、わしが家の一字を賜り、元の名を改めて家成としたことにする」

「そもそも元の名なんてあったのか」

「これから考える。たとえば忠成はどうだ」

「それは大親父殿の昔の諱だろう。嘘が明白ではないか。それに、これから付けて、なんの意味があるというのだ」

「これは後の世の話だ。噂だけが後の世にひろまって子孫が迷惑しないよう、用心のために元の名を使って何かに書いておく。嘘を家譜に書くわけにはいかないから、何かほかのものに、たとえば昔の日付で書状を書いて遺しておくのだ」

「そこまで気にすることはないと思うがなあ。だいたい雅楽助だって、諱は正家ではないのか」

「正親だと聞いたが」

「正家だと殿さんに一字を与えたような偉い名乗りだ。いかにも聞こえが悪かろう。それで、おそらく相手によって使い分けているのだ。主君が改名したからといって、家来まで名を改めることはあるまい。それこそ要らぬ忖度だ」

といった数正であったが、自分が家老職を押しつけたせいで、そこまで苦労させているのかと思うと、強く反対するわけにはいかなかった。

「だが、用心のためというなら、そうしておくのも悪くはあるまい」

というと、家成はこれで一安心したようだ。

数正は話を戻した。

「たれが本多弥八郎を殺したか、わかればいいのだが」

「じつは下手人の線も追ってみた」

「どうやって」

「母上に頼んだのだ。いまさら大親父殿には頼めないからな」

という家成は笑っていた。家成の母というのは、家康の母である於大の姉にあたる。家康と家成の主従は、従兄弟の関係でもあった。

「それで、母上から大親父殿に話してくれたらいいなと思っておったのだが、自ら調べるという。驚いたよ。あら、わたしのほうが、あの人よりよっぽど顔がひろいのよ、門徒衆のことなら任しといて、といた」

「それで」

「門徒のなかに下手人がいれば自首するように説いてくれと頼んだら、そんなことは坊主分が、とうの昔にやっておるそうだ。門徒のなかに下手人はいないと母上は断言している」

——そう断言する自信が自分にはない。これは信心がないということだな。

と数正は思ったが、もちろんなにも言わなかった。

家成の話は続いた。

「それで、寺のほうでは下手人を探し出そうとして、当日の使者の足取りを掴もうと聞き回ったが、たれも知らない、寺を出たあとすぐに消えてしまったという。それで、わしが本多弥八郎の名前を出したら、母上がすぐに調べてくれた。本多弥八郎が本證寺の門徒で、あの日、寺に寄った使者であるというのは、その人相から推して、まずまちがいない。というのも、当日あそこにおった門徒で、弥八郎の素性を知っておった者がいない。それで、人相書きをもとに聞き込みをして、ようやくわかったことだというのだ。使者の口上というのも、自分が門徒のひとりだと告げるものではなかったし、弥八郎のほうも門徒とは名ばかり、講にもろくに出ていなかったらしい」

「それは妙だな。さきほどの雅楽助の話では、あわよくば門徒どうしで内輪もめさせてやろうと企んでおったはず。内輪もめというても、まずはだな、たとえば、御同行の身でありながら要らぬことを取り持つとはなんだとかいって怒る者が出ないと話にならん」

「それと衣装だ。この弥八郎という男、なんと鷹匠であった。そいつに正使の装いをさせて寺に送っておるのだ。馬子にも衣装髪形(かみかたち)とは申すが、まさにそれだ。ふだん見知ってる者でも、わからないはずだ」

鷹匠と聞いて、数正は、その男がわかった。あの男か。

「殿さんのそばにおったから士分の挙手動作を覚えたのだな。それにしても、口上を述べて露顕しないとは、たいした役者だ。そうなると、ほんとに死んだとは、とても信じられん」

「あの日を最後に弥八郎を見た者はいない。そのことは母上が確かめておる」

数正は考え込んだ。

「雅楽助の作り話ではないのか。弥八郎の名を出したは目くらましで、使者は別人、生きておるのを隠すためではないか。人相書きといっても、髪型が違えば、見分けられまい」

「人相書きについては、母上に手抜かりはない。武家ふうに髪型を変えて書いておる。もちろん別人を見間違えたものかどうかは、たれにもわからんところだが」

といって、こんどは家成が考え込んでしまった。

「そうか、わかった。別人だとすれば、顔かたちが似ている者を使者に選んだということになる」

「なるほど。では、いずれにしても同じことだ。諸士のなかで行方不明になっているのは弥八郎だけだ。よって、こいつが生きていることさえ確かなら、門徒衆の嫌疑は晴れる」

「だが、生きておること、どうやって確かめる」

「本人は逃げたとしても、家の者は残したはずだ。連れて逃げるわけにはいかない」

「細君が独りで家を守っておる。これは母上の話だがな、相当な美人だというから、生きていれば、ときどき帰ってくるだろうとは、わしも思うていた」

「では、家に見張りを立てておけばよいではないか。帰ってきたところを捕まえる」

「だから、それが難しいのだ。忘れたか。相手は鷹匠だぞ。むこうがさきに見張りを見つけて逃げてしまうに決まっておる。たとえ細君の腹がふくれてきたところで、新しい男ができたといわれて、お終いだ」

残念だが、この話は、ここで行き止まりのようだった。

「弥八郎のこと、殿さんも、よくご存じだ。お気に入りであった」

「そうだろうな。それで、弥八の仇をとれとの仰せだ。これはまちがいなく、戦になる」

家成は、そういうとため息をついた。

三

針崎の勝鬘寺では、住持の了順が仲裁に出てきたところだった。

事の発端は、蜂屋半之丞貞次と筧助大夫政重が、岡崎を退いて勝鬘寺に籠もるにあたり、ふたりで申し合わせて矢田作十郎助吉に知らせなかったことであった。

かねてより三人は兄弟の契約を結んでいたところだったから、いっしょに退こうと使者を出したあとになって、矢田はふたりの退転を知り、おおいに怒った。それで、本当は本證寺に籠もるはずだったのに、わざわざ恨みごとを言いに、妻子を連れて勝鬘寺にやって来たのである。

四一歳という最年長の筧はすなおに謝ったが、まだ二五歳と若い蜂屋は謝らなかったから、矢田と蜂屋のあいだで激しい罵りあいとなった。刀を抜いての果たし合いとなりかねないほどの大喧嘩となり、ついに住持の了順が呼ばれたという次第である。

「半之丞、ああみえて作十郎は、なかなかのさびしんぼうなのだ。年下のおまえが恋しゅうて恋しゅうて仕方がないらしいぞ。少々ひつこいぐらい我慢せい」

と了順が一喝すると、まわりの者がどっと笑ったから、張り詰めた空気が緩んで事なきを得たが、蜂屋は矢田に言葉をかけるでもなく無言のまま立ち去り、矢田も勝鬘寺を出ていった

——これは、裏に何かあるな。

と思った了順だったが、特に問い質そうとはしなかった。

じつは半之丞、舅の大久保忠俊が出家して名を改めた常源から「さきの水野との石ケ瀬の合戦における矢田のふるまい、これは奇妙である。今川と通じておるのではないか」と忠告されていた。事情を知らない半之丞に敵から奪った兜を与えて戦意を煽り、本気の戦にしてしまう企みではなかったか。そうだとすれば、家康の意向に逆らい、今川に与する行為である。

舅の常源からそう聞かされると、半之丞も矢田を疑う気持ちが出てきて、すこしだけ距離を置きたくなったから、黙って筧と勝鬘寺に来たのだが、こうなると追いかけてきた矢田の真意がどこにあるのか、ますますわからなくなった。

——なぜ、決めてあったとおり本證寺に行かなかったのか。

門徒から仕掛けてはならないと厳命されている。矢田は、それを破る気ではないのか。そうして、今川に漁夫の利を与えるつもりではないのか。そうだとすれば、絶対に戦を起こしてはならない。

——石ケ瀬と同じ仕儀にしてやろうぞ。わしだけでも、そうするのだ。

と、半之丞はひとり覚悟を決めた。

他方、佐々木の上宮寺では、戸田三郎右衛門尉忠次も覚悟を決めて、かねてより考えていた計画を実行に移した。

深夜、外堀の塀に放火して焼き払うと、岡崎に駆け込んだのである。そして、上宮寺に攻め込む案内役をいたしますと、家康に申し出た。

忠次をふくめて戸田の一族は曹洞宗だから、もともと一向宗に義理はないが、こうした場合、家康からみれば敵の罠かと疑ってかかるのが常識で、まず信用されない。ところが、忠次は家康の継母にあたる田原御前の従兄弟であったから、これで信用を得ることができた。

夜討ちにむかった酒井左衛門尉忠次率いる軍勢を案内した忠次は、門番の隙を突いて勝手知ったる木戸を押し開け、寺内に引き入れるまでは成功したが、寺方の激しい抵抗にあって、やむなく撤退するしかなかった。しかも、その際、敵に狙い撃ちされ、鉄砲玉が兜に当たって落馬し倒れ伏すという不運にも見舞われた。

しかし、これが幸いにも無傷ですんだので、戸田忠次は出世の糸口をつかむことができたのだった。

桜井城主の松平監物丞家次(けんもつのじょういえつぐ)と与一郎忠正(ただまさ)の親子は、城に籠もって動かなかった。浄土宗であり大樹寺の檀那でもあったから、一向門徒ではない。信長の叔母を母に持ち、かつては酒井将監とともに岡崎の主流派と戦い、敗れたのちは今川に服していた家次であったが、ここで家康と戦うつもりはなかった。

――それなのに、疑われている。

苦笑するしかなかった。織田の血を引いているからと松平一族から忠誠心を疑われた自分が、こんどは今川と通じて織田との同盟に反対していると疑われ、一揆衆に荷担するに違いないからと厳重に監視されている。

――ずいぶんと勝手なものよ。

勝手と言えば、一向門徒を敵とみなすことも、ずいぶんと理不尽なことである。家康と戦うつもりはないが、だからといって家康に味方して門徒衆と戦うつもりもなかった。

戦略的には、中立を保っても意味がないことはわかっている。どちらが勝っても、勝った側から非難されることはまちがいないからだ。

しかし、それでも、松平家次は城を出るつもりはなかった。


酒井将監は手勢二百あまりを率いて上野城を進発し、約三キロ東の岩津妙心寺のあたりで矢作川を渡河しようとしていた。

上野城には松平三蔵の付け城があるので、守兵を割くわけにもいかず、わずか二百という寡勢であるが、ここで一戦交えないわけにはいかない。

——これは、男の意地だ。

攻撃目標は松平宗家の菩提寺、大樹寺である。

宗徒千人あまりが籠もるという大樹寺は、すでに戦支度を整え、住持の登誉上人が自ら墨書したと伝わる「厭離穢土、欣求浄土」の旗が立っていた。


ちなみに、この旗は、穢れた現世を厭い離れて浄土への往生を望むという意味である。浄土宗の教義には現世の救済もふくまれているが、古くからの教えも濃厚に遺っていた。

これと同じように、

——五十年以上前の加賀の一向一揆において「進者往生極楽、退者無間地獄」の旗が出現した、それは戦に臨んで進めば死んでも極楽に行くことができるが、逃げればたとえ死ななくても無間地獄に墜ちるという意味であり、これでもって坊主分が門徒を鼓舞していた――

という話があったが、そのころ実際にそんな旗が使われていたのかどうかは不明だった。

史料としては、そのようなことを申していた坊主がまっさきに逃げ帰り、討死した男の妻が坊主の後生を嘆くという笑えるような笑えない話が『朝倉始末記』にあるだけであって、教義のうえで正しくあろうとすれば「進者なおもて往生す、いわんや退者をや」でなければならないはずだった。

三河の門徒が旗を立てていないことは見ればわかる。しかし、「法敵退治の軍なり。進足往生極楽世界、退足堕落無間地獄」と書いた短冊を坊主が門徒に授けている、一向門徒は後生を頼んで死を怖れないという風聞がしきりと流れていたらしい。大樹寺の旗は、それに対抗してのことであったろう。

将監は、松平家次と同じく、浄土宗であり大樹寺の檀那でもあった。だから、大樹寺を一向門徒に攻撃させて、領主への蜂起を宗教戦争にしてしまうつもりはなかった。

――松平は四代続けて愚物を生み出した諸悪の根源だ。三河のために自らの手で滅ぼしてやる。

と決意している。

それと、この戦には象徴的な意味だけでなく、実際上の効果がないわけでもない。おろか者の今川氏真のことだ。自分を裏切った報いとして松平の菩提寺が焼ければ、たいそう喜び、たとえ失敗して将監本人が死んだとしても、息子の嫁と幼い孫の命は助けてくれるに違いないのである。

しかし、万事に慎重な将監も、さきに物見に出した久目六兵衛が早くも対岸に上がったところで討たれてしまったことに気がつかなかった。

すでに家康方に内通した者がいて、石川家成を大将とする約二百の兵が大樹寺の周辺で待ち伏せしていたのである。

全軍が川を渡りきったところを襲われ不意を突かれた将監方は、約一時間ほど激戦を続けたが、多数の戦死者を出して支えきれず、負傷者を肩に背負って川を渡り撤退するしかなかった。

四

永禄六年は閏一二月があったから常より一月ほど長かったのだが、相争う双方にとって、この年の暮れはいっそう長く感じられたことだろう。

年が明けた永禄七年(一五六四年)一月一一日、土呂の本宗寺と針崎の勝鬘寺から門徒約八百が上和田城に押し寄せると、城方は櫓の上で法螺貝(かい)を吹き鐘を鳴らして岡崎に急を知らせるとともに、大久保党をはじめ一丸となっていっせいに打って出た。

このとき大久保五郎右衛門尉忠勝は左眼を射られたが、その矢をかなぐり捨て、敵に矢を射返すなど、激戦が続いた。城方は、上和田の北三キロの岡崎城から救援が来るまで、そのあいだにある六名村からも加勢を得て戦線を支えた。

このとき家康は、はじめて前線に出たが、味方の人数がそろうのを待たずに飛び出し、前線の人数がそろう頃になって、ようやく門徒勢を三百メートルほど押し戻した。

家康の馬の口に取り付くようにして戦場に急行した宇津与五郎は、蜂屋半之丞貞次と組み合い、ついに討たれてしまった。同じく供衆の黒田半平も渡辺源蔵真綱に突き倒されて討死した。

そこへ岡崎から駆けつけてきた中根喜蔵利重、渡辺源蔵との一騎討ちとなった。槍の突き合いから途中で槍を投げ捨てては太刀での斬り合いとなり、双方とも手傷を負って相引となったところで、

「退くな、渡辺。きたなし」

と叫んで鵜殿十郎三郎長祐（ながすけ）が打ちかかったが、子の源蔵を守ろうと父の渡辺源五左衛門が横から突き伏せて鵜殿の首を取った。

このとき家康は、自ら弓を取って源五左衛門を射ったが、傷は浅い。しかし、源五左衛門が起きあがり退いていくところを、内藤甚市が放った矢が兜の内側に当たった。よろよろと倒れそうになった源五左衛門だったが、自らも負傷している子の源蔵が父を肩に乗せて、ようやく退いていった。

家康本人も正面から鉄砲で撃たれるところだったが、土屋長吉が立ちふさがり、胸板を撃ち抜かれて大事を防いだ。

激戦は一時間ほど続いたが勝負は付かず、双方ともに引き上げた。

このときの戦いでは、宇津や黒田、鵜殿らのほかに植村十内氏宗（うじむね）、土屋甚助重治も討死している。

土屋長吉は戸板に乗せられ上和田城に担ぎ込まれた。家康は自ら長吉を看病し、手を取らせて、

「今日、なんじが忠義の働きをもって、わが命、助かりたる」

と涙を流すと、長吉も嬉しそうに両手を添えたが、ほどなく絶命した。享年二三歳。門徒であったが、寺方に付かず、家康に味方して戦死したのだった。

このとき家康が鎧を脱ぐと、鉄砲玉が二つ出てきたという。肌には当たらず無傷だったとはいえ、危ないところだった。


その翌日、同じように本宗寺と勝鬘寺から出た門徒約八百が上和田周辺で、家康方と衝突した。

蜂屋半之丞貞次は剛の者で、白樫の五メートル四〇センチもある長い柄(え)を太めに削り、長吉(ながよし)の作だという刀身は一五センチとふつうの長さながら、紙を吹きかけただけで貫くほどに研ぎすまし、よく手入れしてあるから、

「わが穂先には、たとえ鬼神なりとも、むかう者をば逃すまじ」

と広言するほどだった。

だから、家康方の後陣が崩れて退いていくところを追いかけて、半之丞らも退いていこうとしたとき、

「半之丞、返せ」

と叫ぶ者がいるので、

「心得たり」

と返して、打ちむかおうとしたのは当然であろう。

ところが、それが家康本人だった。

にわかに動転した半之丞、すごすごと逃げていく。

そこを、

「きたなし、蜂屋。返せ、戻せ」

と、こんどは松平金助である。

「殿さんなればこそ逃げたるものを、返せとはおこがましい。いでや、ものを見せん」

というと半之丞はとって返してきて、互いに槍を突き合うこと五、六度、敵わぬとみて逃げた金助の背中めがけて投げた槍で腹の真ん中を突き貫き、まるで鯨を獲るようにして討ち取ってしまった。

それでいて、投げた槍を取りに戻ったところに家康が馬を寄せてくると、またも半之丞は槍を引いて逃げていった。

また、筧（かけい）助大夫政重も、退いていくところを平岩七之助親吉（ちかよし）に呼び止められ、ふりむきざまに矢を放った。その矢が耳に当たって倒れた七之助と組み合う助大夫、七之助の兜の内側に切先を打ち込み、まさに首を取ろうとするところ、家康が来たので助大夫も七之助を置いて逃げてしまったという。

これなどは家康の威光のほどがわかる挿話であるが、主君でなくても親しい間柄の者であれば、同じようなことはあったことらしい。

組み敷かれて首を取られそうになった大久保七郎右衛門尉忠世（ただよ）が「朋輩の好（よしみ）、忘れたか。わが首取ってたれに見せるか」と叫んだところ、敵の本多九郎三郎が「まことや。旧友を討ち取り恩賞を得るなどあってはならぬことよ」と笑って助け起こしてくれたという話も伝えられている。

翌一三日早朝、上和田を出た大久保党は勝鬘寺の近く、井内村の蒲池まで押し寄せ、互いに鉄砲を撃ち合った。

浅手を負った本多弥三郎が寺内に引き退くと、

「しゃらくもない堀越の戦して」

と叫んだのは勝鬘寺に籠もる浄妙寺の坊主。箱根の関を越えられず鎌倉に入れないので、やむなく伊豆の堀越に御所を置いた、ただのお飾り、堀越公方のような洒落にもならない下手な戦をして、というのである。

「大軍の武者に、ほっか手を負わせてやる。いで、もの見せん」

と籐をぎっしりと巻いてつくった重籐の弓を持ち出したのはいいが、片肌を脱がない。

「弓射る作法も知らぬ、要らぬ法師の腕立てよ」

と敵に返され、

「坊主が作法を知らぬはずがなかろう」

と威勢よく片肌を脱いだのはいいが、弓を持つ手ではなく引く手のほうの右肩を脱いでしまったので、敵と味方の両方から、どっと笑われてしまった。

先頭に立って進んでいた筧助十郎が鉄砲に当たってがばと倒れると、門徒勢は筧を城内に引き入れ退いていったので、大久保党も引き上げた。

家康は正午頃、わずかな供を率いて大西から小豆坂を経て穢田が原へまわったところで、ただ一騎前に出て味方の軍勢が集まるのを待っていたとき、突然、岸陰に隠れていた伏兵、土呂の門徒五百が打って出た。

敗走する供衆を見て家康も、山伝いに逃げたが、二、三十人が追ってくるので引き返し、つぎつぎに矢をつがえ連射して敵をいったん押し戻してから、ふたたび退いたが、そのとき乗っていた馬のうしろの鞍骨に敵の矢が当たったという。

大西と明大寺村の境の成山まで逃げたところで周囲を見わたすと、まだ二百ほどが追ってくる。

家康は、明大寺村の六所大明神の森に入ると、敵があきらめて引き返すまで隠れていた。

そして、吹屋ケ瀬で乙川（菅生川）を渡り、真宗高田派の満性寺に入って、ようやく一息ついた。六所大明神から満性寺までは北にわずか五五〇メートルほどだが、敵のあいだを気づかれないように通ってくるのは、たいへんな思いだった。

「まずは、お茶を一服」

住持の寂玄だった。満性寺では寺中一二坊と門前の者どもが出てきて、河原の守備を固めた。

追走してきた敵方は、川向こうからしきりに遠矢を射かけていたが、やがて引き上げた

五

一四日の晩、深津九八郎と青山虎之助のふたりは、佐々木の上宮寺に忍び入り、火をつけて焼き払ってくるように家康に命じられたが失敗。翌一五日未明に三反畑にて、両人ともに獄門さらし首となった。

この報復とばかりに鳥居久兵衛の家来、小谷甚左衛門が飛び出し、先頭にいた上宮寺の門徒の首を打ち落としたが、これが戦闘開始の合図となった。

上宮寺の北約七四〇メートルほどのところにある桑子の明眼寺（妙眼寺、のちの妙源寺）は、真宗高田

派の寺だが、すでに要塞化されていた。

この日、その明眼寺から急を知らせる早鐘が鳴った。

「それ、駆け出(いだ)せや、者ども」

と叫ぶと、家康は軍勢がそろうのを待たずに、六名村を過ぎて渡(わたり)で矢作川を越え、佐々木にむかった。

上宮寺からは矢田作十郎の率いる三百が打って出て、松平三蔵とその家来、戸松孫左衛門を討ち取ったが、矢田作十郎も鉄砲の玉に当たって戦死してしまった。

しかし、わずかな供廻りの者だけを連れて出た家康も、段子畑のあたりで伏兵に遭って敗走。ただ一騎となって明眼寺に逃げ込んだ。

明眼寺からは守兵が打って出て岡崎から救援が到着するまで時間かせぎをしたが、そのあいだ、家康は本堂の内陣に隠れていたという。


明眼寺（妙源寺）は、もともと上宮寺の本寺だった寺である。

その境内に現存する太子堂は、その傍らに柳の大木があったことから別名「柳堂(やなぎどう)」といい、正和(しょうわ)三年（一三一四年）に再建され、慶長一八年（一六一三年）までのあいだに増改築修繕されたものである。正嘉(しょうか)二年（一二五八年）に建立され、この寺の始まりとなったという聖徳太子像を安置するための一堂も、同じようなものだったろう。

初期の真宗寺院では阿弥陀如来や聖徳太子を祀る小さな御堂のほかに、門徒の集まる大きな道場が建てられたが、家康が隠れていた内陣とは、この柳堂であったかもしれないという話である。

もとは太子堂だから、入母屋造の一間の厨子が中央にあって太子像を祀るという配置は最古の形態に違いないが、桁行三間、梁間三間の柳堂は、内陣中央に阿弥陀仏、むかって右側に聖徳太子、左側に法然の御影を安置する真宗初期の形態を伝えるものかもしれず、このとき家康が見たのも、そうしたものだったかもしれない。

家康は、内陣脇に真宗最古の光明本尊が掛かっているのを見た。

ふだんは道場に掛かっていたものだったかもしれないが、そうだとすれば戦時の用心として住持が御堂のなかに入れたのかもしれなかった。

横は四〇センチほどで、縦は人の背丈ほどの掛け軸が三幅。三幅構成をとる作例は、現存する唯一のものである。

各幅の上下にある賛文は、親鸞よりさきに亡くなった高田門徒の指導者、真仏の筆跡であるから、親鸞在世中に制作されたものとわかる。

中央には阿弥陀如来の名号「南无不可思議光如来」が蓮台の上にあって光を放射状に発している。

そして、むかって左の幅にはインドと中国の高僧が、右の幅には和国の高僧たちがそれぞれ描かれていた。

そのなかには親鸞もいたが、残念なことに家康にはわからなかった。

なぜなら、いちばん奥のほうに小さく描かれていたからである。

むかって右の幅、図像下の中央、手前のほうに大きく描かれているのは聖徳太子だった。和国の教主とされるが、仏教の庇護者を代表する皇族である。その足元左右には、四人の随臣（百済博士学哥、恵慈法師、小野妹子大臣、蘇我大臣）が小さく配されている。

聖徳太子の奥（図像中ほど）には、背もたれの付いた礼盤に座る恵心和尚（恵心院源信）、さらにその奥（図像上）には同じく礼盤に座る法然（法然坊源空）が、それぞれ描かれている。

法然門下では、法然の手前に左右に侍るように信空と聖覚が法然と同じ大きさで描かれている。ところが、親鸞は図像いちばん奥、むかって右手前を向く法然のうしろに、遠慮がちに座っているところを小さく描いているにすぎない。

おそらく、これが親鸞そのひとの考えだったのだろう。

一宗の開祖となった人には珍しく、親鸞には自らを人の師に任ずるところの意識が希薄だった。親鸞の門下として強く意識している者であれば、同じ法然の弟子である信空や聖覚と少なくとも同格の扱いで親鸞を描かなければならないが、それは親鸞の考えと違っていたのである。

図像のなかの人は誰であれ、あくまでも中央に描かれた阿弥陀如来の弟子の一人でなければならなかった。もちろん、親鸞そのひとも、師の法然を超える存在として描いてはいけないのであって、神格化するなどは、もってのほかのことだった。

二三歳の家康には、これを理解することなど、どだい無理な話であった。

もしも、彼の後継者たちが家康を神君と呼び、あたかも皇族をも超える存在として、中央の掛け軸の阿弥陀如来の位置に据えると知っていたら、この若者はどう思ったろう。

それはとても奇妙なことであったが、約三百年も続いたのである。

そののち、その反動は世にあらわれ、王政復古主義者たちが中央に位置する神君の代わりに天皇を据えようとしたあげく、明治の帝国憲法によって阻止されている。

もしも、家康を守ってくれたのが親鸞の教えをひろめる寺であったと本人が知っていたとしたら、それは歴史の皮肉であったといっていいのかもしれない。

しかし、家康はそうは思っていなかった。

それが証拠に、家康は恵心和尚作と伝えられる阿弥陀如来像、すなわち香煙で黒ずみ衆生の悪事災難を一身に受け止めてさらに黒さが増したという「黒本尊」の霊験と信じた。

そして、これをもらいうけると、持仏堂に安置しては陣中にも奉持したから、家康の没後、芝増上寺に寄進されるに至っている。

やはり、名号本尊よりも木像のほうにありがたみがあるというものであろう。それが、ふつうの人の家康の信心でもあった。

ともあれ、この日、家康は生きのびることに必死だった。

午後になって到着した救援部隊は、岡崎からではなく、刈谷から来た水野藤十郎忠重(ただしげ)の率いる一隊であった。忠重は、家康の母の於大の弟だから叔父にあたるが、歳は家康の一つ下になる。いっしょに来た水野太郎作は相婿(あいむこ)というから、忠重の妻の姉妹の夫になるだろう。それと、親類の村越又市郎を伴っていた。

岡崎城には、忠重の兄の刈谷城主、水野下野守信元が「覚束(おぼつか)ないとお見舞いに」参上し、家康の留守を預かっているという。

母の於大と再婚相手の久松佐渡守俊勝（長家）が手配してくれたに違いない。

家康は、面目ないと思うよりさきに、助かったという思いのほうが強かった。

六

家康が佐々木に出撃したまま帰城していない隙を突いて、本宗寺と勝鬘寺の約八百が大草口から岡崎城攻めに打って出た。

これを知った家康は、下渡村から矢作川を渡り、上和田に出て妙国寺（みょうこくじ）に入った。法華宗の妙国寺は、上和田城の南南西、約六百メートルほどのところにある大久保一族の菩提寺である。

住持の日当は、ただちに土呂に押し寄せるよう進言し案内を買って出たが、敵はすでに馬頭野（ばとうの）から生田原をまわり、小豆坂まで出張っていると大久保弥三郎忠政から注進があり、家康は柱村から盗木（ぬすみき）へ上がり、小豆坂で挟撃することに決めた。

岡崎城では、家康の伯父である水野下野守信元が指揮をとって、約二百を進発させたところだった。

そして、大平、作岡（つくりおか）の砦を焼き払い、欠村（かけ）まで迫っていた門徒勢が、小豆坂口まで押し戻されてきたとき、

「このときぞ。かかれや、者ども」

と叫ぶと、家康は退却してきた敵にどっと攻めかかった。上和田の大久保党の三六騎に加えて、土井城

から本多広孝の率いる三七騎など、総勢一五〇。

　まっさきにむかってきた村井源六が鶴田惣七郎と渡り合い、さんざんに斬り結ぶところに、惣七郎の弟の惣三郎が駆けつけ村井の両足をなぎ倒せば、惣七郎が村井の首を取る。

　敵がいっきに出てくるところを精鋭の射手を並べて矢を射れば、こらえきれずに退いていく。

　なかでも大将格の石川新九郎親綱は、朱塗りの具足に金の団扇の旗印、

「武者ぶりは見事なり、引き返して勝負せよ」

　と、多くの者が罵ったが、

「かかるも退くも、ときによりけり」

　と新九郎は意に介すことなく、馬に鞭を入れて退いていく。

　しかし、水野藤十郎忠重と太郎作らが、

「きたなし。返せ」

　と声をかければ、とって返してきた石川新七郎正綱は藤十郎に討たれ、筧藤六郎は太郎作に討たれ、佐橋甚五郎吉実と大見藤六郎の兄弟もここで討死した。波切孫七郎はなおも逃げたが、大谷坂（おおやざか）を越えようとするところを家康に追いつかれ、二度、槍で突かれたものの逃げのびてしまった。

　羽根山では、敵の芦谷善大夫が十人あまりを負傷させるなどよく働いていたが、

「あの働き、善大夫に敵はなきか」

　と家康が檄を飛ばすと、鍋田助左衛門正数が進み出て斬りかかり、ついに討ち取った。

　退きかねた敵が、なお四、五百。

そのうち七、八十が必死の覚悟で、まっすぐに家康めがけて突進してきたので、供廻りが散り散りになり、わずかに一、二騎を従えて逃げるところを射かけられ、家康の乗った馬の鞍の跡輪(あとわ)に矢が深く刺さったほどで、危ないところだった。

そうした敵味方入り乱れての激戦が一時間ほど続いたが、敵はついに立ち切れ、裏崩れして、最後は散り散りになって逃げていった。

翌一六日になって菅生川の二瀬で実検したところ、首級一三〇ほどであった。

二五日、深溝松平家の松平主殿助(とのものすけ)伊忠(これただ)から家康に使者があり、六栗(むつぐり)城主の夏目次郎左衛門尉門吉信(よしのぶ)を生け捕りにしたと連絡があった。

夏目は、大津半右衛門、乙部八兵衛らとともに六栗城に籠もっていたが、今朝ほど乙部が内通して城を乗っ取り、大津は勝鬘寺に逃れたが、大将の夏目は土倉に閉じ込めたという。

家康への書状は、乙部が降ったのは夏目の命を惜しんでのことだとして助命を嘆願しているから、伊忠としても一命を助けたいというものであったので、家康はこれを許し、乙部・夏目の両名を伊忠に附属させることとした。

――そうか、ずいぶんと手薄になっておるのだ。

岡崎でも夜詰めをしたその足で朝には退去し、寺に籠もって敵に回る家来が少なくなかった。城主の夏目が一向門徒なのだから、その家来どもだって門徒が多いに違いなく、そうした者どもが寺に移ってしまえば、城の守りは薄くなるのが道理だ。

――危ういのは、わが岡崎の城だけではないのだ。敵だって同じだ。

家康は天啓を得た思いだった。

二月三日、岡崎より石川又四郎ら二五人が針崎に偵察に出たが、渡辺半蔵守綱ら三六人が待ち伏せていた。

岡崎方の根来重内は半蔵に打ち倒されて、渡辺平六郎直綱に首を取られた。布施孫左衛門は筧助大夫政重と上を下への組み合いとなったが、半蔵が掛け合わせて布施の首を取った。大将の石川又四郎も負傷するなど、岡崎方は打ち負けて撤退した。

八日、水野氏の加勢を得た家康は、二千人あまりの兵をもって酒井正親の城、西尾城まで兵糧入れを敢行した。

往路は野寺などの敵地を避けて遠回りしたが、その帰り道、西尾城から北東約三キロの荒川城を、突如として襲撃した。

荒川氏は禅宗であり、これまで戦闘に参加したという記録もないので、これはまったくの不意打ちであったかもしれない。

この荒川城攻撃は一向門徒の一揆に与して叛意ありというのが口実であったが、すでに城主の荒川甲斐守義広は岡崎に降り、家康の異母妹である市場姫を妻に迎えて同盟を結んでいたのだから、『三河物語』にあるとおり、たとえ本證寺に「吉良あたりの衆」が混じっていたとしても、それをもって吉良義昭や荒川義広が「御主と為さん」と言われ、その話に乗って一揆に荷担した証拠だとはいえない。

他方、大久保一党の長老である忠俊入道常源が、家康に一揆方の赦免を求めた際、「降伏した一揆方に先鋒を命じれば、酒井将監だけでなく、その日のうちに吉良、荒川、桜井松平を押しつぶせる」と進言したという伝承がある。これは、酒井将監らは一揆方と一味同心の存在ではなかったという証拠である。常源には、いっしょになって攻めてくるといったような認識はなかった。

また、この進言は、二月八日以前の、おそらくは前年のことであって、それを家康は容れなかったということを示している。

荒川氏からすれば不当な仕打ちだったろう。

たちまちのうちに落城してしまったのは、不意打ちであったことに加えて、城を退去して本證寺に籠もる者が続出し城兵が手薄になっていたということが原因していたかもしれない。

守将の馬場小平太は天野三郎兵衛康景に討ち取られ、首を取られた。この天野康景も、家康に味方するため改宗していたという。

荒川義広については、河内、近江、摂津などの他国に逃れて戦死あるいは病死したとの説もあるが、吉良庄内で蟄居し永禄八年から一〇年頃に亡くなったとするのが正しいかもしれない。

次いで、家康は本證寺に攻めかかった。

思いのほか荒川城攻めがうまくいったので、欲が出たといえよう。なにしろ二千人あまりの兵が、本證寺からわずか三キロのところに布陣しているのだ。

現在は志貴野町と藤井町のあいだを矢作川の本流が流れているが、このころの本流は矢作古川である。八ツ面山の北面からだらだらと緩斜面が深い谷を刻みながら野寺まで続いている。その台地のうえを軍勢は進んでいった。

寄せ手の戦法は、荒川城攻めの場合とまったく同じである。

まずは本證寺の近くまで押し寄せて鬨の声を上げ、敵が打って出てくるところを、わざと弱々しく応じて四、五百メートルほども後退し、勝ちに乗じて敵が追走してくるところを、左右からいっきに打ってかかる。同時に、はじめ退いていた先鋒も、とって返してきて三方から攻めたてる。そうすれば、こらえきれずに退却するから、寺に逃げ込む敵を追いかけるようにして寺内に侵入する。なかに入ってしまえば大成功。陥落するのは時間の問題である。

本證寺から打って出た敵は、わずかに三百。それが、七倍近い敵を一手に引き受けて一歩も退かない。退かないどころかむかってくる。

それに、とんでもなく強かった。

なかでも鉄棒を軽々と振りまわす比類なき怪力の持ち主が数人いて、刀や槍が届くところまで、味方は近づけないのである。樫木の八角棒をひっさげた僧形の者どもが、山の崩れかかるがごとくに先頭にたって打ってかかってくると、まるで台風がむかってくるかのような凄まじさだった。

「駆け寄っての打物勝負は無益じゃ。ただただ取り囲み、弓・鉄砲にて、射とれ、撃ちとれ」

と家康は叫んだ。

すると、たちまちのうちに寄せ手が替わり、いずれも馬上達者の者たちが十数騎、駆け寄っては射る、駆け違えては射るという、それを繰り返し、周囲からも鉄砲をさんざんに撃ちまくった。ゆっくりと獲物を傷つけ、しだいに追い詰めていくところは、まるで武家の嗜み、犬追物のようだった。

そして、敵が十分に傷つき疲れた頃あいを見計らって、横あいから切先そろえて士卒がいちどに打ってかかると、さしもの敵もどっと崩れて勝敗は決した。

敵は四分五裂して、なおも逃げようとしたが、なかでも北へ本證寺から遠ざかるほうに約一キロ半ほど逃げた一群を、安政（安城市小川町加美）の高い崖の際まで追い詰めた、そのときである。

「野寺の本證寺空誓とは、我事なり」

と大音声で名乗りを上げる坊主がひとり。すでに上帯を切り鎧を脱ぎ捨てていた。

「運尽きぬれば、ただいまここに腹を切り、弥陀の浄土にまいろうぞ。このさま、とくと見置きて、末代へ伝えよ」

そして、最期に小さく「南無阿弥陀仏」と称えるやいなや、立ったまま一文字に腹を掻き切り、刀を両手で口に押し込むようにして、崖の上から身を投げた。

日没が迫っていたが、家康はゆうゆう時間をかけて、取った首を実検していった。安政の崖下の死体は、できるだけ長く放置して、見せしめにするつもりだった。

大将格の鈴木弥兵衛は、水野方の上田平六が討ち取っていた。逃げる敵を追いかけて取った首は、六十あまり。一揆を指揮していた総大将の空誓も死んだ。

「まことに思いきったる自害の体、定めて往生のほども疑いあるべからず……であろう」

と笑うと、

「日も暮れぬべし。いざや、おのおの帰るべし」

と下知した家康は、ひどく上機嫌だった。

もともと寺を焼くつもりなどないし、できれば人も殺したくなかった。この際、門徒を改宗させれば、それで十分である。

もしも手向かう坊主さえいなくなるなら、そして、それが本当にできることなら、改宗させるほどのことではなかろうとさえ思うのだが、そうもいくまい。だから改宗はさせよう。宗旨替えなど造作もないことである。着ている物を脱いで、新しい物に着替えるように、人は誰でも、いともたやすく宗旨を替えるものなのだ。なぜなら、

――わしも駿府にいた頃は禅宗こそが正しい道だと信じていたくらいだ。人は、誰でも道を誤るものだし、道を誤れば正すこともできる、そういうものだ。

敵の総大将を倒した家康は、この日、勝利を確信していた。

8——御坊さま

一

永禄七年（一五六四年）の正月、信長は、春日井原の台地の縁に立って、篠木三郷を見おろしていた。

篠木三郷は、台地の下を流れる於多井川（庄内川）の川沿い、低地帯にある信長の直轄領である。

おもな家臣が集められていたが、なにしろ突然のことなので、間に合わなかった者が少なくなかった。

しかし、遅れてくる者を待つこともなく、信長の合図で沢彦宗恩は解説を始めた。

「いまから、およそ二、三百年は昔のことでございます。このあたりは篠木荘といい、鎌倉は円覚寺の地頭請でございました。もとは後白河院が六条の御所のなかにもうけました法華経の講義所、いわゆる長講堂と申しますところに寄進したものでございまして、承久の乱ののちは幕府と朝廷のあいだをいったりきたりしておりましたが、最後に鎌倉殿の手を経て円覚寺に渡ったものでございます」

いちど信長に話したことなので、慣れたものだった。

「尾州では珍しい豊かなコメどころでございますが、その年貢米、小船に載せてこの於多井川を下り、大船に積み替えては、遠く東国まで、鎌倉は和賀江島の湊まで運んでおったそうでございます」

「なにゆえコメを、そんな遠くまで運んだか。それほど尾張のコメがうまいのか。東国のコメは食えないほどまずいのか」

　この右筆が読みあげた質問も、さきに沢彦が信長から受けたものだった。

「もちろん食すためではありませぬ。尾州では古より桑を栽培し、租庸は絹の織物で納め、物で納めた時代を経て、糸代、絹代は銭で納める頃になっても、コメが採れるなら年貢米を差し出すのが定法でございましたが、さすがに遠く京の都に送るとなれば、そのころも為替を使っておったことでしょう。篠木荘より十年ほど前に地頭職が寄進されました海東郡の富田荘では、晴れて円覚寺の地頭請がなったときには、領家の年貢として毎年一一〇貫文を京進しておったそうにございます」

　説明が長くなりすぎて、信長がいらいらしているから、ここで切り上げる。

「それが、コメそのものを鎌倉・円覚寺まで送るからには、おそらく、西国では鎌倉殿のご威光も届かぬところが多く、信じるに足る商人もなかったゆえと、拙僧、愚考いたしまする」

　信長が大きくうなずくと、これで沢彦の解説は終わった。

「聞いたか。これは銭で済むことだったのだ」

　話しかけているのは、一〇歳の男の子である。この日、元服して幼名の坊丸を改め、七兵衛尉信重と名乗るようになったばかりだった。

「銭に替えるなら、どこで採れたコメであろうと同じことだ。で、あるならば、この地に、かくべつ用はない。なのに、おまえの親父は、おろかにも無用の執着をしおった。この地を奪い取ろうと、このわしに手向かい、それゆえ成敗したのだ。たとえ実の弟であろうが、容赦できんときは成敗する。この道理、しかと承知しておろう」

七兵衛は黙って頭を下げた。信長に謀殺された織田勘重郎（信勝）の遺児である。

「わしに従え、坊」

元服したその日であるにもかかわらず、幼名のまま呼ぶ。べつに悪意があるわけでもないのだろうが、人に勝手な名前を付けるのが信長の癖だから、幼名のままなら、まだましなほうであろう。

「おまえも同じぞ、権六。坊にまちがいあらば、二度と容赦せんぞ」

「ははっ」

柴田権六郎勝家が平伏した。その昔、勘重郎に従い信長にそむいたこともあった勝家が、わずか三歳の坊丸を預かり、今日まで育ててきたのだった。

「坊、鎌倉を見たことがあるか」

「ございませぬ」

「わしもだ。富士を見たことすらない」

ここではじめて緊張が解け、空気が和んだ。

「この六十余州、昔のほうが、よほど狭かったのだ。いまの世は乱れ、行き来するのも難儀となり果て、遠くなった。大船を造ることも絶え、船頭の腕も落ちている」

信長は、どこか遠くを見ているようだった。

「どうせ船を出すなら、もっと遠くがよい。鎌倉まで運んだところで、たかがしれている。コメなど、どこへ運んでもいっしょだ。だがな、これが虎の皮ならどうだ。虎を獲った猟師の駄賃とは比べものにならん、それほどの高値が付く。硝石もそうだ。南蛮渡来の物なども、造っておるところで買うたら、よほど安いものであろう」

眼下の篠木三郷を指さしながら、信長は七兵衛に向きなおり、

「おまえの親父、あれほど聡い男が、目の前のものだけ見ておったのだ。遠く鎌倉の寺から、目の前にあるコメしか採れない地所を奪い取った、その地侍どもの争いの、しかも終いのほうに、わが兄弟ともあろう者が、首を突っ込みおったのだ。同じまちがいをするな、坊」

だんだんと声が大きくなり、怒鳴っていた。

「わしに従えば、銭などいくらでもくれてやろう」

信長が目配せすると、その背後で十数本の幟（のぼり）がいっせいに立った。

黄色地に永楽通宝の銭の絵が三つ描いてあった。ほとんどの者が、はじめて見るものだった。

「旗印は、大将が大事と頼むことを記すそうだからな」

それを合図に、また沢彦が出てきて説明を始めた。

「甲州の武田信玄どのは、南無諏訪南宮法性上下（なんぐうほっしょうかみしも）大明神。信心しておられる諏訪明神の加護を頼んでのことでございましょう。そのほかは孫子四如の旗。孫子の兵法より、その疾（はや）きこと風の如く、その徐（しず）かなること林の如く、侵掠（しんりゃく）すること火の如く、知りがたきこと陰の如く、動かざること山の如く、動くこと雷霆（らいてい）の如し。このうち、風、林、火、山の四つの如くを選び、用いておられるとか」

「兵法など、虚仮おどしよ。戦に勝つ秘訣など、本当のところは、たれも教えてくれぬわ」

「越後の上杉輝虎（謙信）どのは、毘の一文字の旗。これも信心しておられる毘沙門天の加護を頼んでのことでございましょう。そのほかは不動明王をあらわす龍の一文字の旗。これは敵にいっせいに打ちかかるときの合図にて、懸かり乱れ龍と申すのだとか」

「大将であろうが、手下の小者であろうが、その者の信心なんぞに用はない。たれが何を信心しておるかなんぞ、委細かまわぬ。大将の信心を家来どもに押しつけたところで、戦に勝てる道理など、どこにあろうか。上杉の戦上手、これは信心のゆえではない。だまされてはならんぞ」

沢彦を下がらせると、信長は諸将を睨めまわした。

「わしの信じる大事は、この世のこと、この銭だけだ。わしに従えば、銭などいくらでも手に入るぞ。ただし、人の物を盗ってはならん。びた一文、一銭たりとも人から盗んだ者は、たれであろうと首を刎ねる。このこと肝に銘じおけ。わしを頼み一心不乱に戦う者のみが、この旗のもとにあらんことを。それだけを念じておれ。みなの者は、ただただ、わしを頼んで、下知に従い、動けばそれでよいのだ」

言いたいことは、これで終わった。

それで、引き上げようとした信長であったが、最後にひとこと、つけ加えた。

「みなの者、よく聞け。この坊の父御のこと、口にしてよいのは、わしだけぞ。そのわしも、今日をかぎりに口に出さぬ。よいか、あれこれとよけいな差し出口、いっさい無用ぞ。うるさいことを申すやつは舌を引っこ抜くぞ」

信長がひとたび口に出したからには、この制裁、必ず実行するであろう。それを疑う者など、ここにはいなかった。

二

しかし、肝心なことを信長は言わなかった。

「はてさて、七兵衛（しちひょうえ）さまの御家のこと、いかが計らえばよろしいのでございましょうや」

と訊いたのは柴田権六郎勝家である。ただし、この質問は信長本人にではなく、兄の信広に向けたものだった。

「織田とも津田とも決まっておらぬ」

亡くなった父の跡目を継ぐなら、織田と名乗るべきだが、ふつう謀反を起こした家は取りつぶすものであろうから、新しく家を興したものとして津田を名乗らせることもあり得よう。

「されど、元服されたからには……」

「主君（あるじ）が決めてやるべきものだがな」

どうすればよいのか、信広にもわからなかった。

「よもやとは思いまするが、それがしの柴田の家を継がせるおつもりでは」

坊丸を預かったときから、覚悟はできていた。

「それはなかろう。されど、金輪際あり得ぬとは、さすがに断言できぬ。万一の備えとして、それ相応の覚悟はしておけ」

「とうの昔に、そのこと承知いたしてござりまする」

「いずれにしても、さきのことだ」

と答えた信広であったが、この際だ、すこしだけ補足しておこうと思った。

「これは、わしの見立だが、なんと名乗るか、それは坊の勝手にさせるつもりやもしれんな」

「織田でも津田でも好きにしてよい、それがお屋形さまのご内意であると、そう申されますか」

「そうだ。柴田の家を継ぐと申し出れば、それも許すつもりだろう。ほかの者の勝手は許せんが、勘重の息子たちには許してやる。そういうことだ」

——これは、よくよく考えてみないといけない。

と勝家は思ったが、それは信広も同じ思いだった。

「これは、わしの一存で申すことだがな、権六。いまのところは織田であれ津田であれ、家の名乗りは控えたほうがよかろう。おまえたち家来どもは、ただ御坊さまと、呼んでおれば差し支えない」

「御坊さまと……」

「そうだ。まえに聞いたことがある。あれの扱いは清玉と同じにすると、そういう話であった」

「清玉上人と同じ……」

京都蓮台野の阿弥陀寺の清玉上人は、信広や信長たちと兄弟同然に育った人である。

「坊は無理して侍大将の家を継ぐこともないのだ。出家も許されよう」

——勘重郎は、学問が好きな子だった。いっそ出家して学問の道に進ませたほうが、本人のためだったかもしれないのだ。そうすれば、長生きもできたことであろうに。

と思う信広であったが、もちろん、それは人に言えることではなかった。

「まだまだ、さきのことだ。されど元服させたからには、ひとりで勝手に道を選べる身分だ。権六、坊の得手不得手、向き不向き、好き嫌いを、よく吟味してやってほしい。あれの身の立て方、いっしょに思案してやってくれ。頼んだぞ」

なにも信広に頼まれなくても、そうとわかれば勝家としても、彼なりに努力は惜しまないつもりだ。

しかし、

「さきのことはこれから決めていくとしても、気がかりは初陣のことでございます。陣立てはいかなることに」

柴田の家を継ぐのでなければ、たとえ織田を名乗ったところで、七兵衛尉信重には与力がいない。一兵も持たないわが身ひとりの身の上といっても過言ではないのだ。

「それも、おいおい決めていくことになろう。新参者を付けていくことになるやもしれんな」

将官級の者が戦死するとか降格されるといった異動がないかぎり、いったん決めた寄親は変更できない。かつての敵が降り、新参者として麾下に編入されるときに、信重に付けてやるということになる。

「あるいは、とくだんの沙汰は頂戴できぬと……」

「そうなるかもしれんな」

与力は付けないとなれば、これは小隊長クラスの身分から這い上がれという意味だ。

――はたして、武辺の道をゆかれることが御身のためになるかどうか。

勝家にも、そうした思いはあったし、迷いもした。しかし、結局のところ、彼自身、ほかの生き方を知らない。ほかに育てようもなかった。

——厳しく鍛えてみて、うまく育てばよし。いやなら出家させるしかない。

これは、信長の甥として生まれた者にとっては、たいへんな試練になるだろう。この日の元服は、その始まりであった。

9——終息

一

本證寺では、死んだはずの空誓の法話が続いていた。

　浄土真宗に帰すれども　真実の心は有り難し
　虚仮不実のわが身にて　清浄の心もさらになし
　悪性さらにやめがたし　こころは蛇蝎のごとくなり
　修善も雑毒なるゆえに　虚仮の行とぞなづけたる

空誓と名乗って自害したのは円光寺の順正だったが、
——なにゆえ、あのような真似を……
空誓には考えても理解できなかった。いや、本当は理解したくないのかもしれない。
誰であろうとも、人が人のために犠牲になっていいはずがなかった。

だから、はじめて順正の最期を聞いたとき、

「なにを馬鹿なことを。たれが身代わりになれなどと申したか。いやしくも坊主分の身で。当流においては許されん」

と口走ってしまったのだが、

「なにを仰せか。円光寺に落ちゆく途中で力尽き、最期は、あれも順正なりの戦の駆け引き、方便でございましょうぞ。身代わりなどと申さるるは、自尊の念が過ぎたるもの。あれで岡崎どのが引き上げ、お味方は助かった、これが真実(まこと)でなくて何でありましょうや。凡夫が凡夫なりに懸命に思案しての所行、たとえお誉めにあずかれなくとも、非難されるいわれはないものと存じまする」

と反論されたのである。

――なにを、こざかしいことを。

とは思ったが、理屈で論破しようとするのは、坊主のすることではない。

そこは黙って引き下がった空誓だった。

こんなとき、たとえば、源空法師（法然）であれば理を押し出して、かかる所行為したる者は必ず地獄に墜ちると一喝したかもしれないが、開山聖人であれば、そうは言わない。かの凡夫も救われると仰せになるはずだ。

それで空誓は、自然と愚禿(ぐとく)の悲歎述懐を思った。

五濁(ごじょく)邪悪のしるしには　僧ぞ法師という御名(みな)を
奴婢僕使(ぬひぼくし)となづけてぞ　いやしきものとさだめたる

末法悪世のかなしみは　南都北嶺の仏法者の
輿かく僧達　力者法師　高位をもてなす名としたり
仏法あなずるしるしには　比丘　比丘尼を奴婢として
法師僧徒のとうとさも　僕従ものの名としたり

まえにこれを詠んだとき、

「愚禿とは、おろかなハゲ頭、僧形でも言行は俗人。わが所行について、その愚を悔いるという含意もあろう。賢者の信を聞きて、愚禿が心をあらわす。賢者の信は、内は賢にして外は愚なり。愚禿が心は、内は愚にして外は賢なり、と仰せになっておる。同じ他力本願を説くのでも、師と仰ぐ源空法師ならば難行苦行の果てに自力救済もできようが、わが身の非力をもってしては、とうてい叶わぬことであるという、そうした思いを常にお持ちであったのだ」

と説明したのだが、順正は「りきしゃほうし」がわからなかったので、教えてやったことがあった。

「無位無官の僧侶で、輿をかつぎ、馬の口を取り、刀を帯びて警固する、そういう力仕事や雑用をもって高位の僧に使える者のことだ」

と、説明してやったときの順正の顔が忘れられない。

――わたくしのような者のことですね。

とでも言いだしそうだった。

あわれをさそったのはわが身の不遇を嘆いていないことで、それを当然のことのように本人は受け入れている。

「そんな仕事、本当は僧侶でなくてもよいのだ。剃髪し具足戒を受けて出家した者を、そのような仕事に使う。さすれば駄賃が要らぬからな。タダで仕事をするから、まるで奴婢のようだ。それは、仏法を学び身を立てようとする者を、いやしめることにもなるのだ。たとえ無位無官であろうとも、僧を名乗る者はみな御同朋、御同行のかたがたではないか。かように開山聖人は嘆いておられるのだ。それを述懐としてこれらの歌を詠み、その末尾に、この世の本寺本山のいみじき僧と申すも法師と申すも憂きことなりと結んでおられる」

円光寺の門徒たちは、順正を奴婢のように酷使している。

そのように空誓はみていたから、できるだけ長く自分のそばに置くようにしていたし、できるかぎり手を尽くして勉強させてやっていた。

なにしろ一文不通だったとは思えないほどの長足の進歩だった。順正は、相当な才能を持って生まれていたのだ。

――まるで、下間蓮崇のようだ。

と、そのとき空誓は思った。

下間蓮崇とは、蓮如の時代の人である。越前の吉崎にいた蓮如のもとで四十を過ぎてからかなを習い始めたのだが、やがて聖教の書写もできるようになると、蓮如第一の側近となって下間姓を称することを許された。

下間氏は、初代の源宗重が親鸞の弟子となり、親鸞が常陸国下妻に庵を結んだときに下妻の姓を名乗ったという伝承があって、代々にわたり本願寺教団の家政事務を務めてきた家である。

蓮如の代になって山科本願寺が完成し、その後一六年を経て教団が発展するまでのあいだ、阿弥陀堂と御影堂の賽銭を自家の収入にすることが許されていた。

そうした家であったが、蓮崇が下間姓を名乗ったとき、誰も彼の出自をあやしまなかった。それほどの英才だった。

——かなを習い始めたとき、蓮崇は四十過ぎだが、順正はまだ二十代だ。輝かしい将来が待っていたに違いないのだ。

そう思うと残念でならない。

これまで、朝夕のお勤めは、正信偈（しょうしんげ）などは省略して和讃や御文だけで行っていたが、いずれ順正には経文も教えていくつもりだった。これからだった。

あるとき、救世（くぜ）観音の夢告について順正が言ったことを思い出す。

行者（ぎょうじゃ）　宿報にて　たとい女犯（にょぼん）すとも
我　玉女（ぎょくにょ）の身となりて　犯（はん）せられん

二九歳になった親鸞は、聖徳太子の建立と伝えられる六角堂で後世を祈り、百日を期して参籠（さんろう）を続けていたが、九五日目の明け方、聖徳太子が救世観音の姿をとって夢に立ち、

「たとえ宿報のためにおまえが女犯してしまおうとも、そのときは私が美しい女となっておまえに犯されよう。そして、おまえの生涯を荘厳（しょうごん）し、臨終に際しては極楽へと導こう。これは、私の誓願である。これを、みなへ説き聞かせよ」

と告げた。

すなわち、比叡山では最下層に位置する僧侶であり、二〇年にわたる修行は徒労に終わったのだろうかと悩み、もはや後世を祈るしかないと思い定めていた親鸞に、「破戒（女犯）は往生の妨げとはならない」と説く法然のもとを訪ねさせる、その決意を固めさせた夢告であった。

ちなみに、これは修道士マルティン・ルターの結婚より三二〇年ほど前のことになる。ルターの結婚は家康の祖父の清康が山中城を陥(お)とした翌年にあたる。

「この宿報という言葉ですが、ふつう宿業と同じ意味に使いますよね」

と順正は空誓に尋ねた。

「そうだ。宿報とは、善悪の行いによる報いのこと。よって、ここは宿業に置き換えても同じ。むしろ、そのほうが意味が明瞭になるかもしれん」

「開山聖人は、宿善という言葉を用いておられないのですよね。業(ごう)には善悪の別があるが、ふつう宿業といえば悪業の報いをさす。それを、わざわざ宿報と言い換えておられるからには、この宿報とは善悪を超えたものではないでしょうか」

空誓は考え込んでしまった。

善悪を超えたものであるなら、それは意志を超えたものである。五欲とか六根清浄とか煩悩という言葉が反射的に出てきた。法華経の説く清浄の説は無視するとしても、六根のうちの意根、すなわち人の意識の根源とはなにか。心の平安を乱す煩悩とは、どこがどう違うのか。そう考えると、わからなくなった。

これは相当な難問に違いなかった。

「仏に帰依するだけではなく、法に帰依することも大事なのだ。衆生(しゅじょう)とともに深く経蔵(きょうぞう)に入りて、智慧(ちえ)、海のごとくならん。そう願うのだ。経釈を重ねて正しい答えを求めよ。わたしには無理だが、おまえならできるかもしれん」

空誓はそういって順正を励ました。

「いかに経釈を読み学すといえども、聖教の本意を心得ざる者、少なくないのだ。これぞ不憫というほかあるまい。衆生とともにが肝心なのだ。だが、おまえなら、きっと、わたしよりも、よい善知識になれる」

そうつけ加えもしたが、その順正が、さきに死んでしまったのである。

――三河は尚武の国だ。

近江人である空誓には、つくづくそう思えた。なにしろ坊主でさえ力自慢を誉めてもらえるという奇妙なところだ。

円光寺の順正の最期の壮烈さは、三河人の共感を呼んだらしく、あちこちで名だたる大坊主の名を騙る者が続出し、三尺あまりの鉄棒だの八尺(二メートル四〇センチ)を越える杉木の棒だのを振りまわして大暴れしているという。もちろん、実用をはるかに超える、ただの演武にすぎない。

――まるで、みな弁慶のようだ。なかには大昔に亡くなったはずの如光を名乗る者さえいるという。これでは三河真宗の大坊主、すべて伝説になろうというものではないか。なかには門徒をそそのかし、名聞利養を図る者だっておるに違いないのに。

なんとも腹立たしいかぎりである。利用されているだけなのに、なにか善いことをしているかのように本人は錯覚している。

――順正よ、これも、おまえのせいだぞ。なにゆえ、降参し、生きのびようとはせなんだのか。わが身を投げ出して、わたしを救ったなどと思うておるのなら、それは傲慢の極みだ。わたしを救えるのは如来だけだ。

なんども、そう念じた。生き残った者が、死んだ者の自己犠牲を賛美するなど、まちがっている。それが自分の身代わりを演じて死んだ者となれば、なおさらだ。

二

「お久しゅうございまする」

と挨拶した空誓に笑顔で応えたのは、実悟（蓮如の一〇男）である。空誓にとっては祖父の同母弟にあたる河内国古橋の願得寺（がんとくじ）の住持で、七三歳になる。

――いったいぜんたい、どうしたことか。わざわざ三河の本證寺まで出向いてこられるとは、よほど大事な用件が……

不審に思う空誓の心のうちを見透かしたかのように、突然、前置きなしに実悟は本題に入った。

「ここはひとつ、異見してやろうと思うてな」

「承りましょう」

「本山の坊官が本宗寺に入った。松平家康と和睦する気だ」

思いもしないことだった。

「なにも聞いておりませぬ」

「そうだろう。ことが成ってから教えるつもりだ」

「そのような勝手、門徒のかたがたが納得されるわけがない」

「本山のやることだ。逆らえん」

　空誓は考え込んでしまった。

「いったん決めたら、なにがなんでもということですか」

「そうだ」

「在所のことは在所の者が決める。それではだめですか」

　実悟は小さく息を吐くと目を閉じた。これは長い話になる。

「もともとは管領細川政元と河内の畠山尚順（ひさのぶ）・義英（よしひで）との争いであった。本願寺には何の係わりもない戦である。それを本山が、こんど細川に味方することにした、門徒は畠山と戦えという。そんな理不尽なお指図は、開山聖人このかた聞いたことがない。そういって摂津や河内の門徒衆が怒るわけじゃ。それでわれらが母上、蓮能は実如を法主（ほっす）の座から引きずり下ろし、同じ蓮如上人の血を引くおまえの爺さんに跡目を継がせようと画策した。ところが、諸国に回状を送ったものの、うまくいかなんだのだ。ことが露顕し、おまえの爺さんと弟ふたりをいれて母子四人、まとめて石山御坊から追い出されたというわけよ。そのとき、生後百日もたたぬうちに加賀本泉寺の養子に出されておったわしは、本泉寺に実の子ができたとかで廃嫡されておったようなものでな、それで難を免れたといえようが、わしが一五、おまえの爺さんが一七のときだ。子どもらはなにも聞かされておらなんだと抗弁したものの、連座せしめるという本山の仕置きに変わりはなかった。ここらへんは、まえにも話したな」

　空誓にとっては、父の実誓からも、よく聞かされた話である。

「これが潮目であったのだ。本山は加州から千人の門徒を畿内に入れて大坂を制圧すると、下間頼慶(らいけい)に母子四人を捕縛させた。このとき末の実従は、わずか九つ。もはや法主と坊官にはたれも逆らえん、それを天下に知らしめたわけだ。もちろん戦も変わった。在所の寺を守るだけでなく、大所高所に立って本山が指図する」

「それで、こたびは三河を」

「そうだ。ただし、三河の戦は止める」

「なにゆえ、そのような。本山は岡崎どのを守ろうというのですか」

「違う。あのとき管領に味方したのも、加州の守護、富樫政親(とがしまさちか)を自害せしめたおり、本願寺をかばってくれたからじゃ」

　と実悟は説明した。

　守護を殺されて激怒した将軍義尚(よしひさ)は、本願寺にたいし加賀門徒を破門するよう迫ったが、結局のところ「お叱りの御文」を出せば済むといったくらいに、管領細川政元がとりなしてくれたのである。

　四十年以上前から続いていた富樫家を二分する内戦も、その背後には細川、畠山というふたつの管領家の争いがあり、細川政元にとってみれば、むしろ一向一揆は好都合だったのだが、本願寺では政元のことを「聖徳太子の化身」だなどといって最大級の賛辞をもって称えた。それで実如は、戦のときには援軍を出し、暗殺されたときには近江堅田まで逃げるということになった。

「いつも同じだ。加州を守る、これが第一となる。夏までには越前から朝倉勢が攻め込んでこよう。もはや避けられぬというところまで情勢は逼迫(ひっぱく)している。本山は、はるか遠く豊後の門末にまで援兵を出すよう求めることになろう。兵を出せないところは矢銭を用立てて進上させることになる。もはや三河のことなど、かまっている余裕はない」

はじめて聞く話だった。

「それならそれで、そういうお話を拝聴すれば三河の門徒衆だって……」

「怖れておるのだ」

「なにを怖れます」

「八年前、弘治二年(一五五六年)のことだ。朝倉方と交渉するため加州に下向した下間頼言(よりとき)が毒殺されている。停戦をこばんで越前超勝寺の教芳がやったという話だ。教芳は加州に逃れた越前の門徒衆をとりまとめておった。それで、門徒の決意のほどを示したのだ」

「そんなことが……」

「三河も怖いところだからな、特に本證寺は。坊官にとっては、なおさら」

空誓は、またも考え込んでしまった。しかし、この話は、どこかおかしい。

「戦を続けるのが門徒の総意なら、どうして戦がやんだのです」

「下間頼言ひとり殺したところで、どうにもならぬ。すぐに弟の頼良(よりよし)が送られてきた。それに金沢御坊ができて十年。このころには超勝寺の力も弱くなっていたのだ。それで、加州におられんようになった教芳は越前に逃れたが、最期には隠れていたところを見つかって生害されたという」

「三河も同じことになると、そのように仰せになる」

「すこしだけ違う。それで、わしが異見しにきたというわけだ」

「では、拝聴しましょう」

「住持不在の本宗寺では、加州における金沢御坊の役は務まらぬ。よって空誓は、死んだままになっておればよい。これがわしの異見だ」

「わたしが生きていることは、みなが知っています」

「門徒には和睦の話がすすんでおること黙っておれ、まとまったならば決して文句を申すでない、ということだ。それで、松平には死んだことにできる」

「さきの自害は人違い。それは岡崎どのも先刻ご承知のはずでは」

「いいや、違う。このこと、家康に味方した門徒衆でさえ、たれも主君（あるじ）に明かしておらぬはずじゃ。そんなことをすれば円光寺は無駄死だ。たれだって、そうはしとうないのだ。それが人情じゃ。あのとき咎（とが）を一身に背負った蓮崇と同じだ。わかっていても、たれも口に出さぬ」

――下間蓮崇が……

空誓の思いをよそに、実悟の話は続いていた。

「敵の大将を討ち取れば戦をやめ、家来どもの命は助けてやるのが、武家の倣（なら）いである。よって、必ずや和睦の話に乗ってこよう」

ようやく空誓にも、わかった。

「それは、北国（ほっこく）の事情を岡崎どのに気取られてはならぬ、ということですか」

「そうだ。和議が整えば、三河からも北国に加勢を出すことになろう。それを見透かされては、和議の約定が厳しくなる。よって気取られてはならぬのだ」

敵に停戦の条件を守らせるためには、軍事力を維持していくことが不可欠である。それが理屈だ。

「されど、いずれは露顕しましょう」

「そうだ。だから、これは賭けだ」

「この賭け、勝てましょうか」

「それは坊官に任せておけ。加州だって、一昨年より朝倉とは戦になっておる。されど、だからというたところで、さきの和睦はまちがいだったと申す者などおらん。当世、正しく善知識と呼べる者は、開山聖人と代々の法主だけだそうだ。昔ながらの教えを説いておるのは、わしらくらいかもしれんぞ。法主が弥陀の代官と名乗らず、開山聖人の御名代と称するようになったのは、いつのころからか、空誓、知っておるか。大坂に隠居しておった父のところに、山科から実如が尋ねてきたときだ。親子のあいだは私事、こたびは開山の御来臨と思っておると申されてな、礼を尽くして出迎えた。それからだぞ、法主が開山の名代と称するようになったのは。下手に口出しすれば、殺されるぞ。運よく殺されなくても、破門だ。そうなれば、その者の往生すら、本山は取り消す」

という実悟の言葉は誇張ではない。

およそ三十年前、本山に逆らった加賀本泉寺の住持、異母兄の蓮悟（蓮如の七男）とその家族は破門され、門徒による処刑が公認されたために蓮悟の嫡男の実教が毒殺されている。

そして、このときは実悟本人も、住持を務めていた加賀清沢の願得寺を焼かれ、破門されたのだった。

破門は以後一九年にわたったが、諸国を漂泊したのち、ようやく赦されたので河内に移り、古橋に同じ願得寺という名の寺を開いたというわけである。

「おまえは、黙ってみておればよい」

——それはそうだろう。しかし……

「これは、むこうから仕掛けてきた戦、ゆえに、当方の守りが手薄とわかれば、そこで一巻の終わり。攻め潰されてしまいましょう。元も子もなくしてしまいます」

こんどは実悟が黙ってしまった。

どう言ったらいいのか、すこし考えたが、やがて意を決した。

「そもそも、それほど案じておったのなら、松平家康の首を取ってしまえばよかったのだ。いっきにやらずにぐずぐずすやる一揆がどこにあろうか。岡崎の城を獲ってしまえばよかったのだ。やっておることが手ぬるいわ」

——たしか同じことを、酒井将監にも言われた……

「たとえ岡崎どのを倒せたとしても、そのあとにたれを据えたらいいかわからなかったのです」

と空誓は応じた。酒井将監や吉良義昭、荒川義広では、とうてい無理な注文である。加賀で富樫政親のあとに据えた富樫泰高（やすたか）のような者が、三河にはいなかった。

「わしなら尾張と手を組む」

「尾張？」

「織田信長だ。あの男、大名にしては珍しいことに、牛馬を引いて街道筋に暮らす者の生計（たつき）がみえているようじゃ。街道筋のことがわかるなら、舟やいかだに乗って川筋で商いをする者の生計もみえているに相違ない。目の付けどころが、われらと同じではないか」

「そうでしょうか。大名などは、しょせん矢銭がほしいだけでしょう」

「戦になれば銭がかかる。これは、たれが国を持とうが同じことだ。いまの本山のやり方、大名家とどこが違うというのだ」

「それは、口が過ぎましょう」

だが、にやりと笑っただけで、実悟は話を続けた。

「それと信長、街道筋を抑えてしまえば、つぎは川筋を抑えにかかってこよう。手出し無用と突っぱねるまえに、こちらから手をさしのべて味方にしてしまえばよい」

——はたして、織田信長とは、そんな話が通用するような相手だろうか。

「近江堅田本福寺の法住とか、三河佐々木上宮寺の如光が生きておれば、尾張と同盟を結ぶ思案もあったはずだ。わしは、そう思うている」

というと、実悟は話を戻した。

「ともあれ、あとは、おまえの手ぬるい一揆に始末を付けるだけのことだ。かくなる仕儀になったは、家康という男、並みの器量しか持ちあわせておらぬゆえ、そのためであろう」

と実悟は断言した。

「これが悪人であれば、燎原の火の如く一揆は燃えさかり、いまごろ家康は生きておらぬ。もしも善人であれば、そもそも叛旗を翻す者などおらぬはず。どっちつかずの中途半端な男ゆえ、こうなるのだ。もはや、これまで。あとのことは黙ってみておれ」
そこまで言われてしまっては、空誓も返す言葉がなかった。

三

このころのことであろう。織田信長も、岡崎に使者を出していた。一説に使者は滝川一益だという。
その内容は、
一揆どもと無用の合戦し、多くの人数を損じ、国費を無駄使いされんよりも、和を申し入れ、彼らをすかしなだめて、無事にして差し置かれ、遠州を征伐のため発向の儀、もっともなるべし。しかるにおいては、人数を加勢あるべき。
といったものであった。
また、この使者は、桜井の松平家次が信長の従兄弟であることに、さりげなく言及して帰っていった。
これよりさきに水野信元も和睦を薦めたという記録が遺っているが、こんどは家康も、信長の助言を妥当なものと認めたのであろう。
二月二八日、次のとおり和議がまとまった。
第一　このたび一揆に与せし諸侍ども、本領安堵の事
第二　道場・僧俗ともに、元のごとく立て置かれるべき事
第三　一揆張本人、一命を助けらるべき事

家康は浄土宗浄珠院においてて誓約書を作成し、石川家成が本宗寺に行って門徒衆に示達することになった。

和睦へ向けて交渉を始めていたとは家成も聞いていなかったし、願いのとおりに書いてやったと家康から告げられたので、これを知ればみな喜ぶに違いないと勢い込んでいた。なにしろ極刑まちがいなしのところを助命されたのだ。

「みなさまがたの一命は、いずれもお助けあるぞ。騒ぐな。騒ぐな」

と大音声で呼ばったのだが、気がつけば、ほとんど人がいない。さきほどまで騒いでいたはずの残っていた者どもも、あっというまに退散していった。

――さては、みな知っておったのか。

状況から察するに、この和睦、寺方から出た話であり、それもよほど組織的な働きかけであったに違いないのだ。気味が悪いくらいに統制のとれた速やかな退散である。しかし、それにもかかわらず、これを指揮している総大将が誰だかわからない。

「どこの寺でも、籠もっていた門徒衆は退散しているのだ」

と家成はいう。

「なんとも不思議な幕の引き方をしたものだな」

といったのは石川数正である。そして、

「寺内には新規に矢銭を課すとか、不入の権を取りあげるとか、そういった約定がないな」

と指摘した。

「そうか。それがないというのは……」

「この和睦は一時しのぎにすぎん。火種は残ったままだ」

「ふたたび戦になるかもしれんと、そうなのか」

「それは、向後の双方の出方による。しかし、これは……」

寺方が戦わないという意志は固いようだった。しかし、降参するほど負けていないのである。考えても数正にはわからなかった。


上野城に籠もる酒井将監には、なんの連絡もなかったが、そのうち、一揆は治まった、降参したのだという風聞がしきりと岡崎から聞こえてくるようになり、調べてみてようやく事実と判明した。

門徒に味方した将監ほか他宗の諸将にたいして、道義を欠いた言語道断ともいえる仕打ちである。

しかし、こうなるであろうことは覚悟のうえだった。門徒衆とは和睦しても、岡崎が将監を許すわけがないのだ。

——もはや、これまで。いまのうちに家来どもを家康に内応させ、城から落としていけば、その者の本領は安堵されるだろう。あとは自ら退転し、所領は岡崎方に付いている甥の小五郎忠次に与える。自分は駿河に落ちのびれば、余生を孫と暮らすことができるだろう。

結末がはっきりしたと思うと、将監は、むしろさっぱりとした気持ちになった。三河には、なんの未練もない。しかし、それでも、一説によると、なお半年ほど、九月までは抗戦を続けたという。

酒井将監と同じく浄土宗の桜井城主、松平監物丞家次と与一郎忠正の親子は本領を安堵されたが、そもそも中立を保っていたのだから、改易するというのは厳しすぎる処分だろう。

だから家次としても、家康の温情に感謝するなどという気持ちにはなれなかったのだが、そこは表向き、おおいに感謝して向後は忠節を尽くすと誓ったのだった。

浄土宗の大草城主、松平七郎昌久（まさひさ）は「赦されず」所領を没収されて「行方知れず」になったという。

他方、松平一族による吉良領の侵食は本願寺教団との戦闘があろうがなかろうが続いていたが、吉良義昭は、このとき東条城を奪回していたのかどうかさえ、わからない。一揆に与して戦ったのかどうかも不明であるが、いずれにしても、これ以降、歴史から姿を消す。

このほか、幡豆郡で最後まで抵抗を続けていた小笠原氏も、この年四月前後には降ったと思われる。

唐津（からつ）とする史料は唐澤（からさわ）の誤写であろうか。乙川（菅生川）河岸の満性寺（まんしょうじ）に隣接した唐沢に浄土宗の光西寺という寺があったらしい。岡崎城の隣りといってもいいようなところである。

一揆に与して罪を赦され帰参が叶った者は、この光西寺において「こたびの犯罪を悔い、以来無二の忠貞を励む」との神文の誓紙を献上したという。

神文の誓紙とは、神々にかけて誓うという形式であるから、真宗の教義からすれば難しい注文だったかもしれない。そうだとすれば、これは「踏み絵」である。

そのせいかどうかは不明だが、岡崎城に出仕していながら一揆に与した者も、ほとんどの者が帰参を許されるというタテマエではあったものの、実際に帰参した者は少なかった。

武辺に生きる男、波切孫七郎は、大谷坂で家康に二度も槍で突かれた事実を否定したので帰参を許されなかったというが、あるいは孫七郎のほうに帰参する意志がなかったのかもしれない。

というのも、家康としては、腕の立つ者を召し放つようなことはしたくなかったに違いないからである。

例えば、明大寺から対岸の菅生に向けて矢を放っていたという知立八橋の浄教寺の僧は、大力の射手というので還俗し家康に仕えるようになったとかで、その名を八橋茂左衛門と称したといい、また勝蓮寺の住持も家康の乗った馬の鞍に矢が刺さったという強弓が目にとまり、還俗して清水丹波を名乗り二男秀康に仕えるようになったというから、腕の立つ者は大事にしていたとわかる。

その後、しばらくして、おそらくは数ケ月がたったのち、家康は、本宗寺と三ケ寺の転宗を命じた。転宗しなければ「四ケ所をはじめ道場を残らず破却すべし」という。

道場について「元のごとく立て置かれるべき事」と定めた和議の約定に反すると抗議されると、「元のごとくと申したところで、前々は野原であろう。道場を打ち破り、前々のごとく野原にせよ」と、家康は勝ち誇ったように宣告し、はばかりを知るところがない。

それで、やむなく坊主分の国外退去を選択し、越前のように表面上は転宗したことにして破却を免れたところもあったとは思われるが、少なくとも主要な寺や道場はことごとく破却され廃寺となったという。

しかし、四ケ所のうち完全に焼失したのは本宗寺だけのようである。

伽藍だけでなく寺内町のすべてを失ったというが、激しい戦闘があったという記録が遺っていないだけに、退去の際に門徒側で放火し、象徴として清算した可能性もあるように思われる。

こうして西三河は一向宗禁制の地となった。

勝鬘寺の了意は信濃の井上（長命寺）へと逃れた。上宮寺の勝祐と信祐も、いったんは信濃の塩崎（康楽寺）へ逃れたが、最後は伊勢の長島（願証寺）に落ち着いた。

他方、本證寺の空誓は三河国内に留まった。加茂郡菅田和（すげだわ）村（豊田市新盛町）に潜伏したという。なにしろ死んだはずの男である。追う者もいなかった。

10――奪取

一

稲葉山城で早鐘が鳴っていた。

永禄七年(一五六四年)二月六日のことである。

――さすが婿どの。でかした。

娘婿の竹中半兵衛重治(しげはる)は、このとき弱冠二一歳。二つ年下の弟、久作重矩(しげのり)の持病が再発したので看病のために登城すると偽り、手勢わずかに一六、七人でもって稲葉山城を占拠してしまったのである。

さきに久作の身辺に六、七人、あとから一〇人を二手に分けて城内に入った半兵衛らは、上意と偽り武装したまま大広間に侵入。まず手始めに半兵衛自ら城の在番頭である斎藤飛騨守を斬り捨て、みなで五、六人を討ち取ると、竹中善左衛門の率いる一隊も長井新八郎、新五郎の兄弟ほか六、七人を討ち取り、早鐘を打ち鳴らした。ほぼ一人一殺、予定どおり生害は最小限に抑えている。

一方、備えを固めると称して、じつのところは城を包囲していた安藤伊賀守守就の率いる軍勢約二千。早鐘を合図に、これもまた城に侵入した敵を追い落とすという名目で城内に入っていったから、これで占拠は万全の態勢となった。

——されど、肝心なのは、これからよ。

城を留守にしていた斎藤龍興は、権現堂に布陣し、加勢の到着を待っている。

これから「政治」が始まる。

寵愛していた飛騨守を斬られて激高する一七歳の龍興をなだめすかし、半兵衛らの行動は真に忠節を果たそうとした義挙であって、奸臣を成敗したにすぎないのだと納得させなければならない。そして、新たに任命される重臣のなかに安藤伊賀守自身が加わる。それができなければ失敗である。

そのために、伊賀守は城内に入らず、龍興のそばに控えている。

「これは謀反ではないか。さっさと城内に押し入り、半兵衛を斬り捨てろ」

龍興はわめき散らしているが、周囲は伊賀守の手の者で固めているから、そうした命令を実行に移そうとする者はいない。

——本当は、ここで腹を召しませせと進言してやりたいところだが……

後継者に困る。こんな主君でも、家中には斎藤家に取って代わろうというだけの大立者がいない。安藤伊賀守にしても、ここで斎藤を滅ぼすことはできても、自分に従う国人衆が安定多数に届かないのは確実だったから、側近を交代させるだけにとどめて、龍興の更正に期待するしかなかったのである。

しかし、それでも期待はあった。斎藤家を滅ぼそうとする勢力が大きくなれば、みなで談合して次の主君を決められようというものである。実際に城を奪取したという現実を突きつければ、考えを変える国衆も出てくるはずだった。

ところが、案に相違して、事態は長期化した。

それを知った信長は、

「まったく、意気地のない連中だ」

と冷笑しながら、竹中半兵衛あてに密書を送り、稲葉山城を自分に渡せば美濃半国は安堵してやると約束してやったのである。

このときの半兵衛の本音はわからないが、安藤伊賀守にしてみれば信長で不足はなかったろう。ただし、軍事力を計算してみると、なお足りないと思った。信長に降るとなれば、反対する勢力も大きくなる。それで、半兵衛も信長の提案を拒否した。

しかし、この密書は役に立った。なぜなら公表することで、事態は打開されたからである。

半年が過ぎた八月になって、信長の介入を怖れた龍興が、ようやく半兵衛の赦免に同意し、半兵衛を謹慎させるだけで身分はそのまま、城は返還されることになった。

安藤伊賀守も重用されるようになったが、もはやどうでもよいことであった。というのも、西美濃の大半の国衆が、斎藤家から離反するようになっていたからである。浅井と織田が同盟した以上、両方の敵を相手にすることはできない。東美濃と違って西美濃の脅威は現実のものであった。それに加えて、このたびの龍興の対応である。将来への不安が増していくばかりだった。

他方、竹中半兵衛の謹慎は名目上のことであって、その日常に何の変化もなかったが、その何の変化もないという現実が、この若者の誇りを傷つけていた。

本人が思っていたような、庶人の耳目を驚かし諸国へも鳴り響くほどの大手柄というのとは、だいぶ違っていたからである。

ふつう詭計によって城を占拠したならば、ただちに味方の軍勢を引き入れて備えを万全にしたうえで、城を取り戻そうとする敵と戦うべきものなのである。敵に戦意がない場合でも、少なくとも城兵には戦う用意がなければいけない。

そして、その際には、攻守入れ替わって攻め方に転じた敵方の婦女子は解放する、少なくとも逃げるに任すべきなのである。

尾張であれば、信長の父の信秀が奪取した那古野（なごや）城のときがそうであったし、信長自身が奪取した清須城のときがそうであった。

ところが、竹中半兵衛の場合、斎藤龍興の母である近江の方をはじめ婦女子の大半を人質のようにして半年も籠城する羽目になってしまった。

無用な合戦を避けようとすれば、ほかに選択肢はなかったのだが、これを卑怯と龍興に罵られたのが、よほど半兵衛には辛かった。せっかく苦労して成し遂げたはずの快挙であったものさえも、汚されてしまったのである。

失意の半兵衛は、交渉役を務めていた舅の安藤伊賀守とも距離を置くようになり、やがて斎藤の禄を離れて浅井長政に属すようになったという。近江と美濃との国境付近では、関ケ原のあたりまで浅井の勢力圏がひろがってきたから、居城の菩提山城に籠もってひとり独立を貫くというわけにはいかなかった。

しかし、この経験が、この人物に陰影を与え、参謀としての深みを増すことになった。

二

なにかが焼ける臭いがする。

それで目が覚めたのと叫び声を聞いたのが、ほぼ同時だった。

「夜討ちぞ。出会え」

「火を消せ」

ばたばたと人が走り回り、庭先で火が燃えている。

跳ね起きた犬山城主、織田十郎左衛門信清(のぶきよ)のまえに、かつて小口城主を務めていた家老の中嶋豊後守が飛び込んできた。

「もはや、これまで。防ぎきれませぬ。お逃げくだされ」

「ささ、早く。こちらですぞ」

考える間もなく、側衆に手を引かれるままに城内を走っていく。

「三郎か。本当に三郎か」

「もはや取り囲まれております。早く」

ばたばたと搦手から曲輪の外に出た。

「わしは義兄弟ぞ。この城は血を分けた姉の嫁ぎ先ではないか。それを焼き討ちするとは、なんたることか。人でなしめ」

　怒りがこみ上げてくる。

　昨日は、佐久間右衛門尉信盛の率いる二千あまりの軍勢が堀を越えて攻め込んできたが、敵をできるだけ引きつけておいてから門を開いて八百あまりの城兵がいっせいに打って出るという豊後守の作戦が功を奏して、敵は蜘蛛の子を散らすように逃げてしまったのである。大勝利だった。

　それが、いくら周囲を焼かれてしまった裸城（はだかじろ）とはいえ、たった一晩で寄せられてしまうとは、とても信じられなかった。

「ご内室さま、若さま、ともにご無事です。さきに出られました。途中、落ち合う手はずにて、ともかく、この場を離れましょう」

「一刻も早く、お急ぎくだされ」

「ただちに国外に。すぐに追っ手がかかりましょうぞ」

　こんなに走ったのは、子どもの頃しかなかったほどだ。息が切れる。

　だから、夜を徹して山のなかを一〇キロ以上を歩き続けて美濃領に入り、土田（どた）の宿で妻子の一行と再会したときには、涙が出るほど嬉しかった。もちろん、互いに無事を確かめたことも嬉しいが、これで馬に乗れると思って心底ほっとしたのである。

　やがて、眠くてたまらなくなり、馬から落ちそうになったところで侍女が輿を譲ってくれたので、あとは輿のなかで眠った。

　気がついたときには、東山道の御嶽（みたけ）の宿であった。ここで早めの昼食をとったが、信清が昨夜から口にしたものといったら干飯(ほしいい)だけであったから、本当に食事がおいしかった。

——それにしても、これだけの行列とは。まるで花嫁行列のようだ。

ここではじめて、信清は感心した。朝方は不覚にも奇妙に思わなかったのだが、とっさに持ち出したにしては、荷物の量がとんでもないほどだった。

——大事な物はすべて持ち出したのか。

苦労して集めた書画骨董のたぐいがすべて灰になったとあきらめていたのだが、ことによると全部あるかもしれない。なんと手回しのよいことだろう。槍や鉄砲まであるとは信じられない。人手さえあれば、一合戦できそうなくらいだった。すると、ほぼ無抵抗だったのではあるまいか。逆に言えば、それほどの奇襲だったのだ。日が暮れて床に就いたときは、戦の気配というものが、まったくなかった。

「豊後守はおるか」

「朝から姿を見ておりませぬ」

——逃げきれなかったのだな。可哀想に。

なにしろ小口城で殺してしまった岩室長門守は、信長がたいそう目をかけていた器用者だったというから、きっと中嶋豊後守を生かしてはおかないだろう。三郎というのは、そういう残忍なやつだ。

「今日は、どこまで行く」

「大井の宿で、よろしいかと」

そうなると、今日一日で四〇キロを越える行程になる。ここまで来れば先を急ぐこともあるまいとは思ったが、大井なら尾張へ続く街道の追分だ。情報を集めるには都合がよいかもしれないと思い直した。

「よかろう。大井までゆこう」

そう決めると元気が出た。ここから、また馬に乗る。かなりの強行軍であったが、なんとか日が暮れる前に大井に到着した。

その翌日、思わぬ人が会いに来るというので、一日逗留することになった。


「叔母上、お久しゅうございます」

「元気そうで、よかったねえ。無事でなにより」

来客は、岩村城（恵那市岩村）の遠山景任に輿入れした織田信秀・信康兄弟の妹、お直であった。

といっても、犬山で育った信清には、ほとんど記憶がない。会ったことはあるはずだが、それは、ほんの子どもの頃の出来事であったろう。

それに、この状況で何を話せばいいのか見当もつかない。だから、直のほうから話を切り出してくれたときは、ほっとしたくらいである。それが、たとえどんなにひどい話であったとしても……

「サンスケに追われて逃げてきたのだろう」

信長がサンスケを自称したのは、直が遠山に嫁いだ後のことだから、よくよく尾張のことは気にかけていたに相違なかった。

「それなら、甲斐まで逃げるしかないね」

もしや遠山の家で匿ってくれるのでは、という淡い期待が消し飛んだ。

「甲斐……」

「こうなったら、武田を頼るしかないだろ。信玄は、坊主になっただけのことはあって、窮鳥、懐に入れば殺さず。気に入れば、お伽衆にとりたてるぐらいのことはするだろう」

――お伽衆……このわしが……

「さて、それで、ここからが大事な話だよ。よくお聞き。サンスケの姉さまと坊やとは、ここでお別れだ。ふたりは岩村に寄ってから尾張に帰るからね。あとの面倒は、サンスケがみる」

最初、なんのことかわからなかった。

「わしは……」

「だから、さっき申しましたよ。ひとりで甲斐にゆくんだ」

「そんな……」

「いいかい。あんたには信玄坊主のお守りをするっていう大事なお役目があるんだ。京に上ろうなんていう大それた野心、金輪際、興すことのないよう、一所懸命、頑張るんだ。決して武田の軍勢を西に向けさせちゃいけない。わかったかい」

なんて答えたらいいか、わからなくなった。

「そのために、あんたの大事なお道具、残らず運んできたんだからね。それを使って信玄坊主のお気に入りになるといい。あ、それから鉄砲。これは遠山がもらう分だからね。犬山の城にあったもんじゃないよ。サンスケが造らせた新品だからね」

「そこまで……謀りおったのか……」

「謀るなんて、たいそうなものかね。逃げるときに、ちょっとうしろを振り返れば、燃えているのは城下だけ、お城は燃えていないことがわかったろうに。あっはっはっ、あ〜おかしい」

直に大笑いされ、さすがに怒りがこみ上げてくる。

「なんで、ここまでいっしょに連れてきた」

「ああ、あの娘と坊やのことかい。それはね、あんたに、ここで覚悟を決めてもらうためさ。尾張に残してきたご内室と息のために、粉骨砕身、努力を惜しまずお役目を果たされますよう、伏してお願い申し上げる。と、これはサンスケの口上だ」

というと、直は、ちょっと笑った。

「それからね。わたしも、ひさしぶりに姪っ子とかわいい坊やに、会ってみたかったのさ。こういうときでもないとねえ、おんなどうし会えないじゃないか。さっき坊やに会ったら、サンスケがひとりで歩いてきたときのことを思い出したよ。輿入れするわたしのあとをついてきたんだ……」

直の話は、えんえんと続いていたが、もう信清の耳には入ってこない。

そこまで仕組まれていたとわかれば、信清も清々した。これは観念するしかなかった。

――家来どもに見捨てられた時点で、武将としてのわしは、死んでいたのだ。

首を刎ねられなかっただけましだ、これでよかったのだと思うしかなかった。

――ここまで従ってきた者たちも、わしが甲府の躑躅ヶ崎の館に入ったのを見届けたら最後、みな帰ってしまうのだろうか。せめて一人か二人ぐらいは、残ってくれるだろうか。

ひとたび自信を失えば、もはや君主は務まらない。不安は、かぎりなくひろがっていく。

だから、三人の従者が終生従うと誓ったときには、涙が出たほどだった。

こうして犬山城主の武将、織田十郎左衛門信清は最後を迎えた。そして、風流に生きる男、犬山鉄斎が生まれた。

結――復活

天正一一年(一五八三年)の大晦日、明日からは新年を賀する客の出入りも多かろうということで、浜松城の家康のもとに母の於大がやってきた。

八年前に兄の水野下野守信元が家康に殺されてからは、夫の久松佐渡守俊勝とともに岡崎城を退き、三河西郡の上ノ郷城で暮らしている。母子が会うのは年始の挨拶か法事のときくらいで、言葉も交わすことも少なくなっていたから、年末に会いたいという母の申し出は、家康にとっても嬉しいものだった。

――やはり、今年の正月の沙汰が善かったのだな。

と家康は思った。

今年の正月、今川氏真の人質となった異父弟の松平源三郎勝俊に、駿河国の久能城を与えていた。駿府に行ってから五年後、源三郎は、侵攻してきた武田信玄に奪われてしまった。その二年後の元亀元年(一五七〇年)一二月、家康の命により脱出行が手配されたものの、甲斐国から大雪のなかを山越えした際、両足の指を凍傷で失っている。そのとき源三郎は一九歳であった。

それから長いあいだ不遇のまま捨て置かれていたのを、武田を滅ぼした一昨年の甲斐侵攻の際、ひさしぶりに家康は思い出したというわけであった。

――こんな山奥から、しかも真冬に逃げてきたのか。

実際に現地にいってみると、いまさらのように源三郎があわれに思えてきた。

人質となった代償が褒美として与えた脇差一本だけというのでは、本当に申し訳ないことをしたものだと反省した。それで、家康は弟に城をやろうと決めたのだった。

それから一年が過ぎた。

大晦日、会ってほしい人がいるというので快諾したのだが、

「これなるは、芳春院妙西（みょうさい）どの」

と紹介されたのは、見知らぬ尼だったから驚いた。

「どうやら、お忘れのご様子だねえ。わらわが離縁され刈谷に送り返されたのち、しばらくのあいだ殿さまのお世話をしてもらったのですけどねえ」

母にそう言われても思い出せなかった。

「わらわの姉ですよ。殿さんがご誕生のおり蟇目（ひきめ）の役を務めた石川安芸の継室です」

「ああ、そうであった。日向守の母御じゃ」

「お久しゅうございます。ご挨拶が遅れましたが、堺御坊の件ではお世話になりました」

「堺の御礼など、わしはなんも。筑前だけでよかったのじゃ。すると今日は、本願寺のお使いでまいられたのかな。それにしても、僧形では、とても見分けがつかぬ」

「五年前に安芸守を亡くし、寺に入りましたゆえ」

「そうか、安芸も亡くなったか」

「いろんな人が亡くなりましたねえ」

できれば、こういう話題は避けたい。

「さて、ゆっくりお話もしたいところじゃが、遠路はるばる浜松まで足を運ばれたからには、さぞや大事なご用を持ってこられたに相違ない。まずは、ご用の向きを伺おう」

「じつはお願い事があって参上した次第でございますが、そのまえに、岡崎で珍しいものがとれましたゆえ、まずはこれを見ていただいたうえでと思うております」

「ほう、岡崎で。わしが目にしたことのないものがとれるとは、とうてい信じられぬ。ぜひ見てみたいものである」

「では、これに」

そう言われて入ってきたのは、これも見たことのない一人の男であった。これは商人だろうか。茶人と言われても武家と言われても、納得してしまいそうである。

「おう、日向守も来たか。伯耆まで」

男といっしょに入室してきたのは、妙西の息子の石川日向守家成と石川伯耆守数正であった。五〇歳の家成はすでに長男に家督を譲って隠居の身だが、一つ年上の数正は、いまも岡崎城代を務める実力者である。

「はて、この者、どこが珍しいのか」

さっぱり、わからない。

「いちど死んだ者でございますからな。これなるは」

「葬式を出されたのちに、子をもうけるなど、なかなかできることでは」

家成と数正にそう言われて、家康はじっくりと考えながら凝視を続けたが、男は目をはずすことなく見つめ返してきた。

「あ、これは、や、弥八ではないか」

本多弥八郎であった。永禄の一揆の際に使者を務めたがゆえに殺されてしまった、家康お気に入りの鷹匠である。三年前に次男が生まれていた。

「生きておったのか」

じつに二〇年ぶりの再会であった。いまは家康四二歳、弥八郎四六歳。

「この間、どこでどうしておったのか」

そう訊かれた弥八郎、数正のほうを見やっただけで、なにも答えなかった。

「おまえは死んだことにする、とうぶんのあいだ身を隠しておれ、そう雅楽助どのに命じられたと当人は申しております。それこそ死人に口なしではございますが」

と弥八郎の代わりに答えたのは数正である。あのころ筆頭家老を務めていた酒井雅楽助正親は、七年前に亡くなっていた。

「他方、在所にて話すことはさにあらず。あのときは酒井将監どのに与して上野の城に籠もり、一揆静謐(せいひつ)ののちは加州まで加勢に出ておった等々、本願寺のために諸国をまわり戦働きをしておったと、そのような話をしておりましたようで」

「そのようなことを……」

言葉が出てこなかった。

「やはり、思うたとおりでございましたなあ。殿さまが承知のうえで仕組んだこととは、わらわには、とうてい信じられませなんだ」

と於大がいうと、妙西はうなずいた。

「これなる弥八郎、咎なき者が門徒に弑されたと信じたればこそ、あのような仕置き、なされたのでございましょう。されど、生きておったとわかったからには、なにとぞ、前々のとおりに道場を、なにとぞ、ご赦免くだされませ」

突然のことに、考えがまとまらない。

「いかが思案する、三河を預かる者として、伯耆守」

「右府どののまえに本願寺門主が膝を屈して和睦され、雅楽助どのも亡くなられたからには、もはや差し障りはなにもあるまい、そう思うたからこそ本多どのも、ようやく岡崎に戻ってこられたのでしょう。三河門徒に逆心なく静謐が保たれておること二〇年におよびますゆえ、あのときの禁制、十分に役目を果たしたものとして、この際、廃するのが御妥当と愚考いたしまする。じつのところ禁制を出しても時を経て赦免する諸国の例は多く、そうでない頑固一徹となると島津どの、相良どののくらいのもの。筑前どのも昨年、堺御坊の地を返還されただけでなく、せんだっては本山を和泉国貝塚に、畿内へ戻ることを許されております。三河のことも、ご赦免あってよろしいのではありませぬか。もはや十分と存じまする」

家康にしても、もともと一向門徒に、さほど恨みはなかった。それどころか、あれほどまでに信長が本願寺を攻撃した理由が、わからなかったくらいだ。

「わかった。道場は前々のとおりに。赦免してやろう」

「では、この場で一筆くださりませ。この妙西、三河門徒の総代として、ここに控えておりますのは、来年こそはどうかよい年でありますようにと、その一念があったればこそでございます。どうか、これまでのことは今日を最後に、今年かぎりに水に流してくださりませ」

「それも、そうだな。わしも、あのころは若かった。肩に力が入りすぎておった。厳しくやりすぎたかもしれぬ。わしのほうこそ赦してくれ」


こうして、家康は、朱印状を出すこととなった。

日向守の母にあてたものなので、かなで書かれている。文面は次のとおりである。

本くわんし門（本願寺門徒）との事、このたひしやめん（赦免）せしむるうへハ、
分こく中（分国中）前々よりありきたるたうちやう（道場）、さうい（相違）あるへからす、
しからハこのむね申（もうし）こさるへく候、仍如件（そうろう、よってくだんのごとし）
天しやう（天正）十一年十二月卅日　ひうかのかミはゝかたへ（日向守母方へ）

当初の予定では、母の於大がひとり残って、ほかの者は退出し、母子水入らずの対面となるはずであったが、思わぬ展開になったから、家康は本多弥八郎をひとり残して、母のほうは、あとで部屋まで出向くことにした。

「口惜しゅうございます」

「なに、なんと申した」

「弥八が半生をかけた仕事、殿さんはだめになさるおつもりか」

「不服か」

思わず口調が厳しくなった。

「伯耆どのには偽りを申しました。あれは雅楽(うた)どののお指図にはあらず。それがしが使いをしたいと申し出たところ、雅楽どのは許された。それだけのこと。始めから終いまで、この弥八がひとりで仕組んだことでござりまする」

とても信じられなかった。

「すべて殿に忠節を尽くさんがため、それがしの一存で為したる所行」

「嘘をつくな、赦さんぞ」

「たとえ嘘であろうが、いまとなっては後の祭りでございましょう。人は信じたいことを信じる。信じたくないことは見てみないふりをする。殿のご威光のまえに、人はみなひれ伏しましょう。まっかな嘘を嘘と断言できる者など、どこにおりましょうや。戦が終わったあとになって、そもそもの話を始めるなど、それこそおろか者、しょせん負け犬の遠吠えでございますよ、大事なことは、邪魔者がきれいにいなくなったこと、それだけでございましょう」

――それも一理あるとは思うが、しかし……

「鷹野にお供したとき、殿さんにむかって立ち小便した、あの男、憶えておられましょうか。弥八は忘れておりませんぞ。調べてみれば馬場小大夫と申す者でございました。あのとき逃げきったと思うておったのでございますよ。あの不埒者めが。そののち、その小大夫がどのような目に遭ったか、その末路、聞きとうはございませぬか」

という弥八郎の目は残忍な色を浮かべていた。

「伯耆どのの忠節、正しく道をあゆまんがためのものでありましょう。ご政道を正しく行うには欠かせぬお人にござりまする。しからば伯耆どの、常に正しく、清く美しくあらねばと、まこと日向に咲く花のよう、日陰の身の弥八は正直うらやましいのでございますよ。うらやましくて、うらやましくて、それはもう花にツバを吐き踏みつぶしてやりたいくらいでございますが、それでも、そんな弥八でも、その忠節は、殿の手に実を握らせんがためのもの。嘘であろうが何であろうが、いっさいかまうことなどありませんぞ。実を手中にした者の勝ちでございましょう。殿も勝ちたければ、弥八を欠いてはなりませんぞ」

ようやく、家康にもわかった。

「弥八が申すことも、もっともである。本日ただいまより、わしのそばにおれ」

「殿、ありがたきしあわせにござりまする」

「されど、門徒衆には、向後いっさいかまうな。口出し無用じゃ」

「では、これで終いにいたしますので、ひとことだけお許しくだされ」

「なんだ、申してみろ」

「さきほどの赦免の件、反故にしなされ」

「なんだと」

思わず、怒りでいっぱいになった。

「殿は、門徒衆といったん和睦し、そのうえで、約定すべてお破りになった。いちど破ったのなら、何度破ってもようございましょう」

「こたびは守る」

「では、破ることもできると憶えておかれますよう、いまは、これだけお願いしておきまする。心変わりは世の常でございますからな」

しれっといい放つところが、なんとも不気味だった。

「そうだ、こうなされ。大坂で知りあった坊主で祐欽（ゆうきん）と申す者がおりまするが、これに屋敷地を、ご城下の市場とか伝馬町のあたり、どこかの屋敷地をお与えになるとよい。そこで寺を開かせるのです。さきほどの尼なども、祐欽の檀那にしてしまえば一安心ですぞ。こいつは話のわかる忠義者です。あの尼が力をもっておるのも門徒衆と気脈を通じておればこそ。ゆえに、この気脈を断ってしまえばよいのです。さすれば、たれが味方でたれが敵か、それすら尼にはわからなくなりましょう。それと安養坊善秀、これは門徒ではございませんで、遠州蝮塚の山伏でございますが……」

「そんな話、あとにせい」

うるさくなってきたが、家康がすこし腹を立てたぐらい、弥八郎は平気だ。

「では、これで本当に終いということで、ひとつだけ、ようございますか。前々よりありきたる道場、相違あるべからずとは、三蔵などに与えたもうた寺領まで返すおつもりか。それと検断の権はお持ちになるとしても、諸役免除の件などがありましょう。これはご承諾なさるおつもりか」

そこまで、考えてなかった。

「寺領はいずれ返さねばなるまいが、いちど宛行うたものを今日の明日というわけにいかんなあ」

――いっぺんに返還を命じるわけにはいかないが、そのへんの事情は、わざわざ口に出して言わなくても承知しているはずであろう。しかし、

「尼だけならともかく、本山に伝えてしまうと厄介じゃなあ。七ケ寺の寺領は向後のことじゃと、念のため今日のうちに日向や伯耆には伝えておくとしよう。左衛門（酒井忠次）にも話をしとかんとな。それと、寺内の件だが……」

「寺内など、お許しになることなぞ、ありませんぞ。寺領も、返すめどがつくまで、七ケ寺の還住、差し止めておけばよろしい。ひとたび許せば、門徒どもが寄り合い、坊主が騒ぎ出しましょう。あとが面倒ですぞ。待たせておけばよろしいのです」

と本多弥八郎は進言した。

じつのところ、本宗寺が焼け落ちると潮が引いたように門徒衆もいなくなり、土呂の町はさびれはててしまっていた。

要するに、非課税の寺内に課税しようとして、元も子もなくしてしまったのである。

それを嘆き、かつての賑わいを取り戻そうと苦心して、それなりに復興してきたのは、数正の治政のた

まものであったが、家康も弥八郎も、そんなことは気にしていなかった。

「それは考えておく。それで、弥八、名乗りはなんとする。わしのそばにおるなら、それなりの名を名乗れ」

「じつは、すでに名を決めてございます。お許しあれば、ただいまから」

この日、こうして、徳川家中に本多佐渡守正信が登場した。明くる年には、小牧・長久手の合戦が始まろうという前日であった。


家康の赦免状が出ると、ただちに空誓は本證寺に復帰した。

しかし、これですべてが元どおり、なにもなかったことにするというわけにはいかない。とりあえず寺領を返還させ、寺内の特権を復活させることが必要になろう。

さしあたり岡崎城代の石川伯耆守に頼むことになるが、これは城代の専決とはいかないかもしれない。伯耆守ではらちが明かないとなれば、もはや家康には頼まない。頼むべきは羽柴筑前守秀吉である。

空誓の戦いは、まだ続いている。

著者紹介

長澤規彦（ながさわ のりひこ）

1960年、埼玉県出身
2016年、信長の誕生から桶狭間に至る時代を描いた
『不羈の王』（あるむ刊）でデビュー。
本作はその後日談にあたる物語である。

空誓の乱（くうせいのらん）

2017年12月10日　第1刷発行

著者＝長澤規彦

発行＝株式会社あるむ
〒460-0012 名古屋市中区千代田3-1-12　第三記念橋ビル
Tel. 052-332-0861　Fax. 052-332-0862
http://www.arm-p.co.jp　E-mail: arm@a.email.ne.jp

印刷＝興和印刷　　製本＝渋谷文泉閣

ISBN978-4-86333-134-1　C0093

刷新された史料で描く、若き信長の生きた世界。

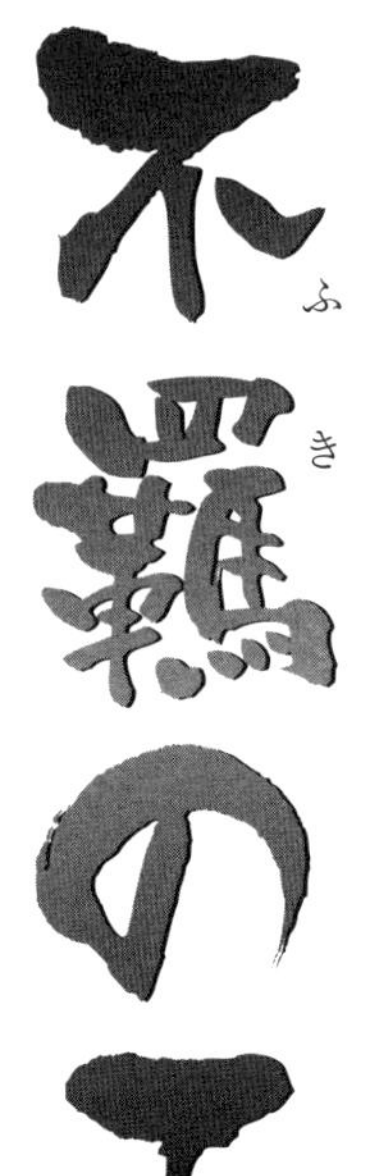

長澤規彦 著

四六判／上製　六一八頁　定価（本体二一〇〇円＋税）
ISBN978-4-86333-109-9 C0093

天文五年（一五三六）還俗した今川義元は軍師雪斎と天下をめざし起った。それから四半世紀後、織田信長は桶狭間において駿遠参三州の国守であった義元を倒す。駿河、三河、尾張、美濃を舞台に織りなされた歴史を活写する渾身の処女作。

信秀は小枝を拾うと地面に字を書いた。

不羈

「これは馬に付ける革と書いてな。これがみな不で、くつわのない馬じゃ。馬が生まれたときのままでおる、本性の姿よ」……

「人も同じことよ。主のない者など天下のどこにもおらん。わしやおまえとて同じことよ。されど、だからこそ人は不羈の性根をなくしてはいかんのだ」（本書より）

◎目次より

あるむ
名古屋市中区千代田3-1-12 第三記念橋ビル3F　E-mail: arm@a.email.ne.jp
TEL(052)332-0861 FAX(052)332-0862　http://www.arm-p.co.jp